★艋舺世家子弟林世華（林煒飾）看起來是大享齊人之福，可是爲什麼眉頭深鎖？

★唐山來的染師謝榮輝（張晨光飾），是個有情有義的男子漢。

★吳金鳳在婚禮上差一點臨陣脫逃。

★林家的主要成員，人力車上的是林家大家長林母（陳淑芳飾）。

★洪玉葉的母親洪彩蓮（潘麗麗飾），當年也是跟人家共家尪婿。

★洪玉葉（葉歡飾）懷著無限憧憬的心情嫁入林家，沒想到竟成了林世華的細姨。

★小明月藝旦間的大姐大黃秀緞（陸小芬飾）。

★林世華陪大某吳金鳳回娘家，岳父母知道他又娶細姨，不禁怒火中燒。

★林家長女林麗華（高欣欣飾）的前男友廖春生（王中皇飾）誤會染師謝榮輝欺騙麗華感情。

★吳金鳳未嫁時，家中長工王永泰（張銘杰飾）跟她有一些情愫，日後對她糾纏不清。

★大某吳金鳳（王美雪飾）與細姨洪玉葉生活在同一個屋簷下，卻有兩種不同的命運。妳命我穿鞋，我只得恭謹從命，眼淚吞肚內，為愛著忍耐。

★浪子阿國（宋逸民飾）和藝旦間大姐大黃秀緞有一段情。

★小明月老闆娘在教訓小藝旦小豔紅（廖佳宜飾），阿國不捨。

★被誤會誘拐小藝旦，染師謝榮輝被綁到小明月藝旦間。

★染坊的大染缸。

★洪玉葉不願做人細姨，寧願去做藝旦，還比較有尊嚴。

★丫鬟秋月（劉曉憶飾）隨小姐吳金鳳嫁入林家，
唆使小姐使壞，欺負細姨洪玉葉。

★娶某沒閒一天，起厝沒閒一冬，娶細姨沒閒一世人，唉！

★林家外觀。

★林母凡事多半依靠長女林麗華，希望大家為林家布莊的繼存努力奮鬥。

金枝玉葉

齊　萱◎著

序曲

艋舺坎街林家大宅內。

女主人金鳳高高端坐在廳上，三十開外的年紀絲毫無損於她冷艷的美貌，只是凝結在那眼底、那眉間、那臉上每一根線條中的冷冽，彷彿具現了外頭的春寒，讓跪在她面前的淑君打從心眼底冷起來。

冷。

是的，自從最親的親娘離開以後，她就覺得冷，無邊無際的冷，直凍到骨子裡，加再多件衣服也不管用。

「你說什麼？」金鳳終於開口了，不料連聲音都冷。

像什麼呢？淑君苦苦思索著，都說冰雪最冷，可是冰和雪她都沒見過，怎麼知道那有多冷，倒是黑夜中的寒風和清晨的河水有多冷她知道，對，就像那風和水直灌進心底一樣，凍得她不由自主地打了個冷顫。

「淑君，妳怎麼了？冷嗎？有沒有哪裡不舒服？」陪站在一旁的世華趕緊問道。

「冷？」淑君還來不及回答，金鳳已經先發出冷笑。「已經是三月天，加上廳內還燒著火爐，還會冷？淑君，妳有這麼嬌貴？」

這是兩人見面以來，金鳳第一次直呼她的名字，淑君不敢怠慢，連忙回答：「不，林夫人，我不冷。」

「金鳳。」不忍心幼女繼續受委屈，世華忍不住開口。

「怎樣？」金鳳卻先一步堵住了他的嘴。「覺得她叫的不對？不然呢？你覺得她該叫我什麼？」

「金鳳，她畢竟是我的女兒，就像嘉聲是我的兒子一樣，所以──」

「所以我就該把她當做自己的女兒一樣，就像把嘉聲──」提到獨生兒子，金鳳的話聲一窒，像是碰觸到尚未結疤的傷口似地，劇痛而止。

於是廳內又落入一片死寂。

半晌，世華終於再開口：「金鳳，今日妳認也罷、不認也罷，總之這個孩子我帶回來定了。」

一口茶才入喉間，金鳳已經覺得濁氣上揚，恨不得連那口熱茶一起噴到眼前這女孩的臉上去。

凌厲的眼神掃過來，淑君剛好抬頭接個正著，世華湊近一步，本能地想要保護幼女，但出乎意料之外的，淑君不但沒有退縮，反而用膝蓋往前跪走了兩步。「林夫人，您有沒有怎樣？是不是燙著了？」

她的善體人意讓世華和金鳳同時一怔，可是接下來的反應卻大不相同。

這個性多像她剛死去不久的娘啊！世華心中絞痛，鼻頭發酸，眼淚差點又要落下來。

但金鳳卻是滿心的恨。

這個孩子，這個不過才八歲的孩子，已經盡得她母親的眞傳，不但有雙酷似那女人的眼睛，還有著同樣屈意承歡的心計，教人不恨都難。

「林夫人，您——」看她臉色一陣青、一陣白，淑君更不放心了，右手甚至已經往她跟前伸了過去。

「走開！」金鳳手一揮，硬是將她推倒在地。

「淑君！」世華心驚，趕緊蹲下去扶她。「妳有沒有怎麼樣？有沒有弄痛哪裡？起來我看看。」

「不，爹，沒關係，我沒關係，」淑君一邊安撫父親，一邊還得顧著金鳳的反應，儘管初來乍到，儘管還有許許多多的事情不明白，可是有件事卻是清楚的，那便是若要留在這深深的大宅內，一切都得聽憑金鳳做主。「真的沒關係。」

「果然是賤命一條，到哪裡都能夠生存。」金鳳嘟噥著。

世華聽到了。「妳說什麼？」

「我說什麼哪比得上你做了什麼重要。」她立即堵回來。

「妳！」世華站了起來，是真的有些生氣了。

「爹，不要啊！」淑君拉住他長袍的下襬，苦苦哀求。「不要。」

眼前的景象看得金鳳心緒沸騰，但她表面上卻不動聲色，甚至還能挑了挑唇角，重新端起杯子來說：「世華，她真乖、真懂事、真孝順，是不是？」

「要是妳肯認她，她也會像對待我這樣的順服妳，金鳳，妳就當可憐她，可憐她是個沒有母親的孩子吧。我聽說妳前天才收留了一個七歲的孤女，對別人妳都可以這樣了，爲什麼反而容不下淑君呢？她們的情況不是一樣嗎？」

「林世華，」金鳳的口氣和眼神由冷轉熱，燃滿熊熊的怒火。「美雲是我買進來的丫鬟，她無父無母，等於是無家可歸的小丫頭，注定要服侍他人過一生；而這一個，」她指著已經乖乖跪好的淑君說：「這個是什麼，你應該比我更清楚，你倒是跟我說說看，她哪一點跟美雲相同了？我又憑什麼非接納她不可？」

「憑她是我林世華的女兒，這樣夠不夠？」

「是嗎？你林世華的女兒，哼，」金鳳眼中的怒火和唇邊的冷笑互相輝映，形成強烈的對比。「自盤古開天以來，還沒聽過一個男人可以自己生小孩的事，還一生下來就八歲了呢，眞是前所未見的奇觀。」

「金鳳，妳不要太過分喔，要是我這樣有商有量妳不要，堅持要一意孤行的話，那我就——」

「那你就要怎麼樣？離開這個家？再到外頭去築個金屋，再找個阿嬌來藏？」她的口氣愈嘲弄，表情愈悲涼，那不輸於母親生前的淒楚，深刻地烙印在淑君的心版上，令小小年紀的她還不熟悉這位「林夫人」的背景，已先忍不住偷偷同情起她來。

「我之所以會那樣做，還不是因爲妳不肯接納玉葉的關係，」提起摯愛玉葉，世華無法再維持平靜。「想想我們林家虧欠她的，讓淑君認祖歸宗，難道不是我們至少能做，也是該做的嗎？」

「虧欠？」金鳳突然起身，把世華逼退了一步。「你有什麼資格來跟我提這兩個字？虧欠？眞要算起來，你林世華、你們林家最虧欠的人，恐怕另有其人吧。」

經她指責，世華霎時無言。是啊，這人世間的種種眞要仔細算起來，還不知道是誰虧欠了誰？又是誰虧欠了誰最多？

看他無言以對，金鳳更加咄咄逼人。「說啊！怎麼不說了？你林世華不是自詡最有血有肉、最有情有義的艋舺男子嗎？現在怎麼不說話了？你說啊！說你虧欠最多的人是誰？」

往事歷歷，如在眼前，翻江倒海，反教人不知如何說起，這時廳門響起了一個堅定的女聲，將三人的眼光全部吸引了去。

「虧欠是說不清的，這輩子若還不夠，還有下輩子呢，金鳳，妳難道要跟這孩子的娘生生世世糾纏下去？」

淑君看著這位上沉下暗，一身灰黑打扮的女人蹲下身來，與她兩眼平視。

「妳叫做什麼名字？」

「洪淑君。」

「淑女君子全包了，可見妳娘對妳的期望和愛護。」她嘆了口氣，繼續盯著淑君，話卻說給另外兩人聽。「我這輩子無子無女，不如就把她留下來跟我作伴吧！」

世華聞言鬆了口氣，金鳳則不平但難鳴，於是她再轉回來對淑君說：「起來，」淑君由著她牽著起身，心中浮現一種莫名的孺慕之情。「我是妳的大姑麗華，從今天開始，妳跟著我改姓林，從此叫做林淑君，是艋舺坎街林家小姐。」

淑君心中一凜：我是艋舺坎街林家小姐？

第一章

「小姐，小姐。」有人輕聲地叫。

淑君趕緊將書往枕下一藏，下床衝過去開門。「怎麼了？我娘來了嗎？」

「夫人怎麼有空？正忙著準備明日掃墓的東西。」美雲說。

淑君先拍拍胸脯，再瞋了美雲一眼。「那妳還嚇我！」

美雲笑了。「都說艋舺林家大小姐天不怕、地不怕，膽子最大，我看應該改個說法，說艋舺林家大小姐天不怕、地不怕，就怕娘親叫聲罵。」

淑君聽了一邊笑、一邊說：「是啊，而我什麼人的話都不聽，單單乖乖聽妳的。」

「是嗎？」美雲捻著辮子問她：「真的嗎？」

「好了啦！」淑君輕輕拍打了她一下。「既然娘忙著，那我們是不是可以……」

她不用把話說完，美雲已經露出小心戒備的神情。「小姐，真的要去？」

「不然呢？美雲，」淑君的表情也轉為凝重。「總不能只掃阿公、阿嬤和爹的墓，卻不管我外婆、阿姨及娘吧！我說的是我的親娘。」最後她補上了一句。

「我知道，」美雲的神色跟著黯淡下來。「妳不要難過了，至少妳還有墓可以掃，像我——」

淑君聽到這裡，不禁「啊！」了一聲，並打斷美雲道：「妳看看我，都沒體諒到妳的心情，真是對不起。」

「小姐，」經她一逗，美雲的情緒總算稍稍好轉，甚至還擠出一絲笑容來。「哪有主人給奴婢道歉的事，妳還是趕快出門，早去早回，免得被夫人發現，那……」她不用說完，不由自主的冷顫已經將心中的恐懼顯露無遺。

「好，」的確事不宜遲。「祭品和香紙？」

「都準備好了，」美雲很有默契地說：「天水也已經在後門等候。」

「嗯。」淑君應聲，突然解下裙幅。

「小姐，妳幹什麼？」美雲驚呼。

淑君調皮地笑道：「上山嘛，穿長褲方便一點，妳說好不好看？」她還特地轉了一圈。

好看，美雲在心中說：眞好看，其實，不管她穿什麼，美雲覺得都好看，那是因爲淑君小姐實在長得太好了。

九年前她被賣進林家，原本已經有著做牛做馬的準備，想不到在姑奶奶的堅持下，她被派給了淑君，從此生活眞可用「新奇」兩字來形容。

淑君長她一歲，名爲主僕，其實就和姊妹沒有兩樣。這樣說有兩層意義，一是淑君天性善良，體恤下人，從來不曾在她面前擺過主人架子，更不曾刁難過她，難怪實際管理他們這些僕傭的阿彩姨不時戳著她的額頭說：「妳啊，也不知道前世燒得什麼好香，可以被分去服侍小姐，她呀，簡直就跟她阿娘一模一樣，心地都那麼好，只可惜『水人無水命』，自嫁進林家後，二少奶奶就沒過過一天好日子，後來更受盡折磨，唉，人家說紅顏薄命，還眞是一點兒都不錯，我說──」

原本美雲聽得出神，不料卻被一個冷冷的聲音打斷。「阿彩，妳吃飽了沒事幹是不是？有空在這裡講古，沒時間送燕窩湯到夫人房裡？」

說話的人是夫人的貼身丫鬟秋月，話聲雖輕，仍嚇得她們兩人立刻站起來，噤聲不語。

二是……說來就有些傷感了，二是淑君雖名為小姐，在林家受的待遇其實僅比他們這些僕傭好一些，跟嘉聲少爺則根本沒得比，連秋月都可以對她大小聲。

不過這些都無損於淑君的美好和衆人對她的喜愛。

今年十七歲的她容貌姣好、身形曼妙，最難得的是個性開朗、活潑、樂觀，偶爾美雲替她打抱不平，她還會反過來安慰美雲呢！說現在的生活和八歲以前的流離比起來，已經好上十幾倍了。

不過小姐還是有傷心的時候，她看她哭得最厲害的一次，便是在六年前老爺的葬禮上，夫人木然，少爺輕忽，就只有淑君小姐哀哀哭泣，抱著棺木慟哭的景象，可把美雲失父喪母的記憶全數勾了起來，害得她陪著哭到雙眼紅腫，教人心折的是，即便在自己傷心欲絕的時刻，小姐還得照顧傷心到數度暈厥的大姑，也就是姑奶奶麗華，實在是不容易啊！

所幸都熬過來了。

「美雲，」見她出神，淑君連忙喚道：「在想什麼？兩眼都發直了。」

「啊！是妳太美了，我才會看到眼睛都忘了眨。」

淑君嫣然一笑。「嘴巴眞甜，不會是因爲上回我分妳吃糖葫蘆的結果吧。」她踏出門口，往左又往右探看。「我會快去快回，如果娘找我，妳知道要怎麼應付吧？」

「知道，」美雲說：「妳快點去吧，不要讓天水等太久。」

淑君一心趕著出門，竟忽略了美雲提到天水名字時的溫柔。

「天水，」淑君對著黃天水厚實的背影說：「我看我還是下來走好了，現在不比小時候，我重多了，你揹起來一定很吃力吧？」

天水搖了搖頭。

「可是天水——」淑君還想據理力爭。

但他把頭搖得更厲害了。

「好吧。」從小一起長大，淑君哪裡會不瞭解這個長她三歲的男孩個性，一切也只能由他。

男孩？算算天水今年都已經二十一歲，應該是個男人，而不再是個小男孩了，所以⋯⋯

……現在這幅景象要是被娘看到，還不知道要怎麼樣痛責她哩。

不過，攀著天水的背，淑君笑笑，回想從小到大，天水不知道已經這樣揹過她幾回，剛從台南府城回到艋舺的時候，她被大哥嘉聲絆倒在地，扭傷了腳，那段時間多虧天水揹她上下學堂，否則她一定會遲到。

「天水，你還記不記得小時候你揹我上學的事？」

天水點了點頭。

「我比那時候重多了吧？你累不累？」

天水搖了搖頭。

「其實我可以自己走的，你看我還特地穿了長褲來。」

天水用下巴指了指地上。

淑君順著他的眼光往下望。「你是說昨天才下過雨，地上又濕又滑不好走，是不是？」

天水又點了點頭。

「那你揹著我不是更不好走？」

這次天水沒點頭也沒搖頭了，但漸漸漲紅的耳朵仍提供了答案。每次他不知道要怎麼回應時，就會這樣。

淑君則笑了。「好了，好了，反正也快到了，我就不為難你了。」

話才說完，她便看到了一個身影，隨即大叫：「榮輝叔！榮輝叔！」

天水一直揹著她來到謝榮輝的面前，才蹲了下來。

「淑君，天水。」一襲灰袍，襯托出年近五十的謝榮輝翩翩的成熟風采。

雙腳一踩到地，淑君立刻往榮輝飛奔而去，絲毫不掩其歡喜之色。「榮輝叔，您回來了！什麼時候回來的？也不捎封信告訴我。」

他先朝天水點點頭，再對淑君說：「見到面不是更好，我居無定所，信也就懶得寫了。來掃墓？」

「是，提早一天來，因為明天家裡……」

榮輝頷首。「我明白，家裡都好？」

「都好。」

「今天一定是瞞著家裡出來的，對不對？」榮輝一副了然在心的模樣。「那就快點祭拜吧。」

「阿姨的？」淑君問道。

「我掃好了。」

看著他提到過世多年的未婚妻時，依舊深情款款的模樣，淑君不禁動容。「榮輝叔……」可是開口之後，卻又找不到適當的安慰字眼。

「來、來、來，」反倒是榮輝招呼著說：「天水，把東西擺好，你不是也要掃你爹的墓嗎？我也準備了一份，正好跟你一起祭拜。」

於是三人合力，總共掃了四座墓，分別是淑君的外婆洪彩蓮、母親洪玉葉、姨母蔡瓊美和天水的父親阿國的墓，雖不知陰陽兩界能否相通，仍然虔誠祝禱。

「南北山頭多墓田，清明祭掃各紛然；紙灰飛做白蝴蝶，淚血染成紅杜鵑。」淑君喃喃而語。

「淑君還是這麼愛看書，出口成章呢。」榮輝說。

「榮輝叔就愛取笑我。」

「其實妳應該要叫我——」

淑君打斷他說：「姨丈，對不對？」

榮輝點頭道：「嗯。」

「可是我叫習慣了嘛。」

「沒關係，」榮輝倒也不是那麼的堅持。「也難怪妳，畢竟妳從沒見過妳大姨，她走的時候，妳還在妳母親肚子裡。」

「雖然沒有見過瓊美阿姨，但她的樣子我並不陌生，因為她和我娘是雙胞姊妹，不是嗎？她們應該長得一模一樣。」

「是啊，」榮輝說：「的確是一模一樣。」

原本淑君還期待下文，但榮輝說完這句話後便嘎然而止，不再繼續，而且雙眼茫然，彷彿落在一個不知名的地方。

淑君剛想開口喚他，已經被天水扯了扯袖子，加上以眼神示意。

淑君知道那是天水要她別去打擾榮輝的意思。

榮輝叔一定又是掉回過去了吧，就像爹生前那樣，常常看著她便出了神，一直要到她把字寫好了，喚他檢查時，才會如大夢初醒般醒悟過來。

「什麼事，淑君？」

「爹，」次數多了，淑君都覺得好笑。「您要我寫的字我全寫好了，您要不要看一下？」

「噢，喔，」經常他還需要搖一搖頭，才能集中精神似地說：「這麼快就寫好了？來，我看看，看看……」

直到有一天，淑君忍不住了，問父親都在想些什麼時，世華才跟她說：「妳娘，淑君，妳不知道自己寫字時，那側面的認眞神情有多像妳娘。」然後，他會起身走到窗前說：「淑君，爹眞想念妳娘啊！尤其是想到妳們相依爲命的那八年，想到妳們是如何熬過來的，我就心痛，就……」因爲不想在女兒面前落淚，世華趕緊打住話頭。

每次碰到這種時候，不清楚他們過去究竟發生過什麼事的淑君就只能盡其所能地拉著世華的手臂說：「爹，您不要傷心了，現在有我陪您呢。」

「對，」不忍心讓幼女傷心，世華也總是會打起精神來，環住她的肩膀說：「現在爹有妳相陪了，就像在那八年的日子當中，幸好有妳陪著妳母親一樣。」

但淑君知道光是這樣還不夠，遠遠不夠，不然爹也不會老是拿著那塊顯然碎過重鑲的玉如意看，一看就是大半天，跟娘生前一模一樣。

破碎的玉如意，隱藏著什麼樣的過往情事呢？

淑君並不清楚，她只知道當初要是沒有榮輝叔，今天她還不知要流落到哪裡去。

不過榮輝叔卻常常把事情反過來講，說要是沒有她，他現在必定已經命喪黃泉了。

九年前那天清晨，她照例到河邊去洗衣服，河水凍人，她正冷得直打哆嗦，卻發現河上有個……人！

小小年紀的她也不曉得哪來的勇氣，拚著命將那個人給拖上岸，事後才知道害怕，萬一當時他已經死了，是具浮屍，她又該怎麼辦？

或許這一切只能說是冥冥之中，上蒼自有安排吧。

衣服顧不得洗了，她拖著全身濕淋淋、冷冰冰，但還殘留一絲意識的榮輝回家，也不敢吵醒還在睡夢當中的母親，自己隨意煮了碗薑湯，硬是灌他喝下去。

一切弄完之後，回頭才看到母親已經醒來，這也難怪，她乒乒乓乓地吵，母親怎麼還睡得著。

當時淑君已經等著挨罵了，想不到那被薑湯灌得猛咳，因而醒了過來的榮輝會與母親面面相覷，愕然無語。

「娘，我看到他落在水裡，好可憐喔，您平常不是常跟我說，雖然我們母女倆相依為命，甚至連個家都沒有，可是要是看到跟我們一樣可憐、甚至更可憐的人，就一定要伸出援手，而——」

她並沒有機會把話講完，因為在交錯的「玉葉！」及「榮輝？」的呼喚聲中，母親已然暈了過去。

這一次，母親沒有再離開過病榻。

倒是隔天即離去的榮輝叔，卻帶來了淑君想都沒有想過的父親。

父親。

她從來不知道自己有父親，或者準確一點地說，是從來不知道自己的父親還在人世間，從她懂事以來，淑君就以為在這世上，她只有母親，母親也只有她而已。她不是不好奇，只是每回問起，母親就垂淚不止，看得她既驚惶又心酸，漸漸地便不問了。

萬萬想不到她的父親還在人世間，而且相貌堂堂、一身華服，就算不是什麼豪富人家，至少也維持個小康的局面，如果真是這樣，那為什麼還會放任她們母女流落在外，僅僅靠著母親彈奏三味線維生？

乍然與父親相對，淑君不是不怨懟的，尤其是在母親已病入膏肓，藥石罔效的情況下相認，教她如何心平氣和、甚至欣喜若狂地喊他一聲爹？

淑君根本做不到。

還是母親一番遺言打動了她。「淑君，如果妳要娘走得安心，就在我面前喊一聲爹。」

「娘！」淑君大駭。「您不要離開我，求求您不要離開我，淑君只有您，淑君只有您啊！」

「傻孩子，」玉葉拉著她的手，依依不捨。「可憐的孩子，妳不是只有我，現在，妳還有爹，」說著就把淑君的手交到世華的手中，本來要掙脫她也是很容易的，畢竟玉葉已經沒有什麼力氣，可是淑君不忍，小手就轉移到了父親厚實的掌中。「還有妳榮輝叔，算起來，妳還應該喊他姨丈呢。」

該叫榮輝叔或姨丈，對小小年紀的淑君而言都不重要，重要的是母親就要離開她了，所以她淚水淌個不停，怎麼樣都遏止不了。

「世華。」玉葉連抬頭都覺得吃力地說。

「玉葉，」一手拉著淑君，一手握緊妻子那昔日溫潤、如今枯瘦的玉腕，世華也心痛到極點，只能頻頻呼喚她的名字。「玉葉、玉葉……」

「什麼都不用再說了，」她用空出來的那隻手抽出玉如意來問道：「還記得這塊玉嗎？」

世華低頭一看，隱忍已久的眼淚終於奪眶而出，並點了點頭。

「我一直貼身帶著，現在，你拿回去吧，答應我要好好地照顧淑君，我只剩下這個心願了，你答應我一定會好好地照顧她。」

「我答應、我答應，」世華一迭聲地說：「不但會好好地照顧她，也要把妳接回去，玉葉，淑君說得對，妳不能離開我們，妳怎麼狠得下心來，一而再、再而三地離開我呢？」

「世華。」玉葉在淚光中綻放出笑容，那集欣慰、寬容、豁達與安心的嬌顏，霎時看呆了陋室內的三人，尤其是淑君，她從來沒見過這麼……該怎麼形容呢？從來沒有見過這麼輕鬆，甚至可以說是年輕的母親。

後來才知道那便是所謂的「迴光返照」，而母親，就在那一朵笑靨當中，長逝於父親的懷抱。

結果，玉葉最後還是沒有聽到淑君哭倒在世華懷裡大叫「爹」的呼喚聲。

「又想起妳娘了？」榮輝的聲音把淑君喚回到現實中來。

「啊！」什麼時候換成她發呆了，淑君有些不好意思地說：「榮輝叔，一起下山吧，到我家去坐坐。」

榮輝依舊保持著他溫文儒雅的笑容。「然後呢？妳要怎麼跟妳大娘解釋我們的『巧遇』？妳此刻不是應該要在家中房裡嗎？」

一語驚醒夢中人，淑君不禁大叫一聲：「哎呀！這下慘了。」

她趣稚的模樣逗得榮輝和天水一起笑開來。

看到他們笑，淑君有點羞、有點惱，卻也覺得有點好玩，便跟著笑起來，三人笑成一團，心情大感輕鬆。

「好啦！」榮輝率先打住，以長輩的身分說：「我想這才是我們的親人樂於看到的景象，希望你們快快樂樂地生活下去。」

「我們？」淑君聽出了語病。「那您呢？」

「我已經是個老人了啊！」榮輝失笑。「什麼時候要在這裡多添一座墓都不曉得。」

「榮輝叔！」淑君不愛聽這話，馬上表示抗議。

天水也首度出聲道：「謝伯！」算是附議淑君的想法。

「天水說話了，真難得。」榮輝笑一笑，毫不介意地說：「但我說的是實話，可惜愛聽實話的人不多。好吧，你們不愛聽，那今天不繼續講就是了；倒是這天色……」他抬頭看了看。「說不定待會兒又會下大雨，我看你們還是早點回去吧。」

「可是香還沒過去呢。」淑君說，不否認部分的原因仍在於她想跟榮輝多相處片刻，他們有大半年沒見了，自己有好多事情想要跟他說，想要請教他，對淑君而言，榮輝一直是親戚、良師及益友的結合體。

「有我看著，你們可以放心。」

「但是——」

榮輝臉上的笑意加深。「我知道妳這丫頭在想什麼，放心，這幾天我一定會登門造訪林記布莊，少不得還會到染坊去看看，到時還怕沒有長談的機會？」

一句「就怕沒有」已到嘴邊，但最後還是被淑君給嚥了回去，榮輝叔的心事已經夠多了，自己又何必以家事去添他煩憂？

「榮輝叔又有新花樣、新染法要教我們了。」淑君的眼睛一亮。

「妳看看妳，染布是最辛苦的行業之一，怎麼妳偏偏這麼有興趣呢？」

淑君笑了。「我也不知道，總之布莊的一切我都有興趣，看到人家穿著我們染的布裁成的衣服，露出滿足的笑容，我就覺得開心。」

榮輝聽得面色一正。「也許妳可以……」

「您說什麼？榮輝叔。」淑君沒聽清楚。

被她一問，榮輝立刻醒轉過來說：「沒，沒什麼，我沒說什麼。」

他明明心口不合，不過礙於禮數，淑君也不好追問，便說：「那就這麼說定了，您什麼時候來？」

「妳還眞心急。」

「我好奇嘛。」

榮輝笑一笑，轉而對天水說：「送淑君回去吧，晚了，怕你們夫人不會原諒你私下陪她出來。」

他知道這招一定有效，淑君就跟她母親玉葉及姨母瓊美一樣，心地善良，最見不得別人爲她們受苦受難。

果然淑君馬上露出發急的表情。「榮輝叔，那祭品與香料……」

「我會幫你們燒給他們的，祭品則依慣例埋了，對不對？」榮輝胸有成竹地允諾。

「嗯。」淑君說，天水也點點頭。

正準備走時，榮輝突然叫住了天水問道：「最近有沒有去看你娘？」

天水低下了頭，不言不語。

「怎麼了？」榮輝說：「她不是就快出來了嗎？我記得當時她是被判了二——」

「榮輝叔，」淑君趕緊折回來，幫忙解釋道：「有啦，天水有去看他娘，可是……」

「可是什麼？」

淑君看看榮輝，再看看天水，一副猶豫不決的模樣。

「可是什麼啊？」榮輝有點急了。「我還在想，也許最快後年、甚至是明年，秀緞姊就可以跟我們一起來掃阿國的墓了。」

秀緞姓黃，是天水的母親，目前在牢裡服刑當中。至於她服刑的原因，淑君只曉得跟秀緞開設的藝旦間有關，詳細內容，因爲長輩都不提，加上天水向來寡言，所以也就不甚了了。

「榮輝叔，是秀緞姨不肯見天水啦。」淑君說。

一聽到她說出來，天水立即慘白了一張臉，淑君知道那是他在生氣或難過的表示，而現在，恐怕兩者皆有吧。

「天水，你不要生氣，」淑君趕緊安撫他說：「榮輝叔不是外人，他和你爹娘都熟，而且這件事除了他之外，我也沒有告訴過任何人。」

「我知道。」接受了她的解釋，天水的臉色總算恢復正常，可是呼吸依然有些急促，顯示出心中殘餘的激動。

「這樣啊，」榮輝沉吟。「好吧，我明天就去看看她，問她爲什麼不肯見天水。」

「那就拜託您了。」

轉個彎，離開了榮輝的視線之後，天水就向前跑了兩步，在她跟前蹲下來。

「天水，你幹什麼？」淑君略爲錯愕地問。

「上來。」他還加上動作，反手指了指自己的背部。

「又要揹我？」

天水點了點頭。

淑君笑道：「不用了啦，你看我們兩人，兩手都空空，正好慢慢走下山。」說著便往前再走了幾步。

不料天水不死心，又跑到她跟前蹲下。

「天水，」淑君心疼他的憨厚，忍不住伸手去拉道：「我說眞的啦，四條腿難道會走輸兩條，你就不要堅持了，我們還是趕快回去吧，免得被我娘發現我們不在，你說到時美雲會怎麼樣，一定會被她罵得慘兮兮，說不定還會挨一頓打哩。」

剛剛她爲天水想，現在則是提醒天水幫美雲設想，反正從小到大，他們三人就是這樣一路互相體貼、互相幫忙過來的，於是兩人匆匆忙忙地往山下奔，同時乞求老天爺保佑，千萬不要暴露了今天的行蹤。

「天水，你看！」已經快到山腳，眼前依例出現那條淑君最喜愛的蜿蜒水流，難以解釋對這條山溪爲什麼會有一種特殊的感覺，而且百看不厭。

天水也停下了腳步，卻沒有像淑君一樣往前走，反而拉住了她。

「天水？」淑君不明白。

「妳看看天色，距離家門還有一大段路哩。」他說。

「你眞的以爲會下雨，咱們會趕不回去？」

天水重重地點了頭，表示他正是這麼想。

「不會的，我也不會待太久，只是想去洗個手，好不好？」

但天水卻出現少見的堅持，除了搖頭，還伸出手來想要拉她。

就在僵持當中，天邊突然傳來一陣響雷，打得兩人心頭一震。

這下天水更急了，不由分說地，就想拉淑君上背，總以爲他揹著淑君跑的腳程能比她自己用走的快。

「不用啦，天水，我可以走，我們——」就在兩人拉扯推辭之間，旁邊突然傳來一個渾厚的男聲大叫。

「喂，放手，你想要幹什麼？想要對人家小姐怎麼樣？放手啊！」

天水和淑君一起轉頭往聲音來源看去，只見一個修長偉岸的身影朝著他們直衝了過來，並且在淑君還來不及出聲之前，就一把將她拉開，並將仍在錯愕當中的天水狠狠地推倒在地。

而雨，偏偏挑在這個時候漫天漫地地下起來。

第二章

「小姐！」開門的美雲驚呼。

「噓。」淑君一邊比畫，一邊拉著天水閃進宅裡。

「小姐！妳怎麼弄成這個樣子？還有天水，」看清楚他的模樣後，美雲的眼睛瞪得更大，聲音也拔得更高。「天水，你……你在流血！怎麼會這樣？你們到底發生了什麼事？是不是摔到山谷裡去了？還是遇到了盜匪？我——」

實在沒有辦法，淑君只好伸出手來捂住了她的嘴。「拜託、拜託，妳不要叫了，好不好？再叫下去連我娘都要被妳叫出來了啦！」

這招有效，一提到金鳳，美雲馬上閉上了嘴。

「我們快回房裡去吧。」推著美雲，淑君並沒有忘掉天水。「天水，你也趕快回去把濕衣服換掉，免得著涼。」

幸好大家都在前頭忙著，讓她們得以穿廊過堂，甚至敢偷偷說起話來。

「小姐，到底是怎麼回事啦？」

到底是怎麼回事？

淑君眼前突然浮現河邊那個修長偉岸的身影，還有兩人面對時，他那雙炯炯有神的眼睛。

「你做什麼？你是什麼人？怎麼無緣無故動手打人？」當時淑君一邊試圖扶天水起來，一邊質問那個陌生男人。

「妳！」他有些驚訝，不過瞥見天水拉她，竟又出手。「叫你放手，你聽不懂啊？你是聾子，還是瞎子，看不出人家小姐不要跟你走嗎？」再把他推到地上去。

天水聽了滿臉悲憤，淑君更是怒不可抑。「你……你這個人，莫名其妙，也不曉得從哪裡冒出來，一出來就揮拳頭、要流氓，你走開啦！不要動他，不要欺負他。」

太可惡了，淑君氣喘吁吁，一方面是因爲氣憤，一方面也因爲愕然，對於眼前的景象完全不知所措，加上平常沒有什麼罵人的經驗，一番指責也就說得結結巴巴，令自己更加的生氣。

「這位小姐，妳沒有毛病吧？」她罵得不清不楚，他顯然也聽得一頭霧水。

「毛病？我看你才有毛病，」淑君愈聽愈生氣，決定離開。「來，天水，我們走。」

「你們認識？」他又問。

總算扶起了天水，但他右腳微跛，也不知道是扭傷了還是怎麼，氣得淑君狠狠地瞪了那人一眼，同時喝道：「讓開。」

「嘿，這樣妳就忘了他先前對妳的不規矩了？」

「不規矩？」淑君聽了眞是啼笑皆非。「你在胡說八道些什麼？」

天水見不得淑君難過，馬上撐著已經開始痛起來的腳踝，衝到她面前來做護衛狀。

可是因爲他來勢洶洶，竟引起了那男人的誤會。「想護花？我最看不起你這種前倨後恭的人了。」

這下可好，天水經不起他再三的誤會，終於發出一聲怒吼，往他衝撞過去。

結果……就是自己現在一身的狼狽。

「到了，」美雲一邊推開房門，一邊說：「幸好我們一路上都沒遇到家裡的人，不然——」

話還沒說完，她連腳步都停了，使得跟在後頭的淑君自然而然地撞上她的背部。

「美雲，妳幹什麼突然停下來，害我——」

抬頭一看清楚，連淑君自己都說不下去，還倒吸了一口冷氣。

因爲林吳金鳳正端坐在淑君床前的圓桌旁，冷肅著一張臉，默默地盯住她們兩人看。

跪在祠堂裡，淑君已經不曉得時間過去了多久，只覺得雙膝發麻，全身冰冷。

「爹，」她對著列祖列宗的牌位輕聲地說：「我好餓喔，兩餐沒吃了，眞的是已經餓到前胸貼後背，好久沒有這樣餓過了呢。」

從前，從前跟娘住在台南府城的時候，倒是常常這樣有一餐、沒一餐的餓，或者母女倆共喝一碗如水的清湯，最後爲了誰該吃那幾片野菜葉子，兩人還爭來爭去地互相推讓不已。

「爹，那野菜的滋味還眞好，現在回想起來，甚至比這宅裡的山珍海味都好吃。」她說著，還露出了一絲苦笑。「可惜現在我連一碗野菜湯也沒得喝，唉。」

「半夜裡嘆氣，不怕引鬼招魂？」後頭突然傳來一個聲音。

這下倒真的是把她給嚇倒在地，扭頭一看，再吁出一口長氣，然後拍拍胸脯，有些不滿地撒嬌喚道：「大姑。」

走進來的人正是淑君的姑母林麗華。「起來吧。」

這句話提醒了淑君，趕緊跪直。

「我不是叫妳起來嗎？」

「可是娘那裡……」

「她畢竟得叫我一聲大娘姑，」麗華的口氣中不是沒有一絲不滿的。「所以我叫妳起來，妳就起來。」

可是淑君努力了半天，卻還是站不起來。

「大小姐，」布莊的掌櫃銀樹從年輕時候就進林家幫忙至今，對麗華也就一直保持著原來的稱呼，並沒有像美雲他們一樣叫聲姑奶奶。「小姐大概是跪麻了。」

「那你還不趕快去扶她起來。」麗華嗔道。

銀樹還沒行動，淑君已經先笑出聲來。

「被罰跪了這麼久，妳還笑得出來？」麗華一副大開眼界的樣子。

淑君一邊讓銀樹扶她起來，一邊揉著膝蓋說：「我總不能哭吧！」

「眞是厚臉皮。」才說完，麗華就跟著笑起來，顯然不是眞心罵她。

「大姑，是娘讓您來放我的？」

「我還輪得到她來允准我做東做西的嗎？」麗華一臉不屑。

「不是啦，大姑，我是怕待會兒被娘知道您私自過來看我，會——」

「會怎麼樣？難道她敢罰我跟妳一起跪？」麗華瞪大眼睛問她。

想像那樣的畫面，淑君甚至忍不住笑出聲來。

「淑君——」麗華拉長了聲音數落。

「對不起，」淑君愈想忍愈忍不住。「對不起，可是大姑您那樣說實在太好笑了。」

聽她這麼說，不但麗華受了感染，最後連銀樹都掩嘴輕笑。

「好了，好了，」麗華畢竟有她大姑的尊嚴，旋即收起笑容說：「餓了吧，到我房裡去，幫妳準備了宵夜呢。」

「可以嗎？」想到金鳳，淑君難免躊躇，不過她的肚子已經先叫了起來。

「妳自己說呢？」麗華調侃她：「總不能叫銀樹去端過來這裡給妳吃吧。」

淑君連連擺手。「不、不、不，怎麼可以在這邊吃。」

「那就對了，」麗華已經帶頭往外走。「跟我來。」

在麗華關愛眼神的注視下，淑君將一碗麵吃得乾乾淨淨，連湯都不剩。

「餓了吧，」麗華說：「要不要再叫他們下一碗？」

「不用，不用了，」淑君連連擺手。「再吃一碗，我不成了大胖子了。」

「大胖子？」麗華完全不以爲然。「妳太瘦了，爲什麼這麼瘦，老是吃不胖？」

「夠了，」不想姑母爲她擔心，淑君連忙說：「只要不餓就行了。」

還來不及多想，麗華即衝口而出：「妳八歲以前過的就是那樣的日子？只要不餓就行了？」

「大姑，」淑君驚訝了。「那都是陳年往事了，怎麼您還會問起？」

「妳呢？」

「我？」她不太明白。「我怎麼樣？」

「妳也忘了嗎？忘了那幾年的苦日子。」

淑君美好的唇形略向上彎，彎出的卻是一抹苦笑。「如果能夠忘了，或是眞的忘了，今天就不會……」發現聲音已經有點哽咽，她連忙打住。

「妳眞的掃墓去了。」這不是問題，而是了然於心的陳述。

「大姑也會因此而怪我嗎？」

麗華搖了搖頭。

「您不會像娘一樣，覺得我做錯了事？」

「清明時節掃自己親娘的墳，有什麼錯？」

「那爲什麼娘要生氣成那個樣子？」想起早上在自己房內乍見金鳳的景象，至今仍令她不寒而慄。

先是二話不說，就左右開弓，賞了美雲兩個巴掌，然後疾言厲色要把她給趕出去。

淑君怎麼能夠讓美雲代她受過，當然立刻跪下來認錯，說一切都是她自己的主意，美雲根本不知道她到哪裡去。

這番說辭有沒有騙過金鳳，她不知道，只知道自己有責任保護美雲，袒護天水，絕對不能把他們兩人拖下水。所以對於金鳳接下來的一連串責罰，淑君便都一肩承擔，沒有一字辯解。

「怪我。」

起先淑君還以為自己聽錯了，但往麗華看去，卻看到了一雙盛載哀愁的眸子。

「真的都怪我。」彷彿怕她不相信似地，麗華再次強調。

「大姑，我爹和兩個娘，以前到底發生過什麼事？他們——」自己有機會得知上一代的種種了嗎？淑君不否認自己有滿心的好奇，可是才問了一句，就被麗華打斷。

「夜深了，明天還要早起祭祖，妳回房去吧，我已經叫美雲準備洗澡水。」麗華迴避了姪女迫切的眼神。

「大姑，我想——」好不容易等到有個長輩主動開口，淑君實在不願就此放棄，不料麗華卻以進一步的起身動作再度打斷了她。

「妳看看妳，身上穿的還是早上出門時的衣服，一定很冷吧。」

「早乾了。」

「這個金鳳真是……要罰妳，也應該讓妳先換套衣服再罰，萬一著了涼，那該怎麼辦？」

「不會啦，大姑別看我瘦，身體還好得很呢。」

一聽到她這樣說，麗華忙道：「呸、呸，胡說八道，也不曉得忌諱。」

「大姑，不要這麼迷信，好不好？」淑君看她一臉慎重，不禁失笑。

「什麼迷信，有些事就是不由得妳不信，像我，像妳外婆——」發現自己失言，麗華立刻又閉上了嘴。

「像您怎麼樣？我外婆又怎麼樣？」果然淑君隨即追問。

「好啦，」麗華搬出另一套應付辦法來。「我累了，有天大的事，也等明天再談，好不好？妳不是最體恤下人的嗎？難道忍心讓美雲在妳房裡一直等下去，萬一水涼了，她又得叫天水重新換過，不更麻煩？」

那可不成，天水扭傷了腳踝，都還不知道怎麼樣了，怎麼能夠讓他再幫自己提水。

「洗了澡，換好衣服，我是不是就再回祠堂去跪著？」

「妳瘋了，再回去幹什麼？」

「可是——」

「沒有什麼可不可是，」麗華大手一揮，等於結束了話題。「我捨不得姪女終夜長跪也不行嗎？妳娘罰妳跪了那麼久，也應該夠了吧，她要再多說什麼，自然有我擋著。」

姑媽都這樣說了，淑君縱使還有些許的不安，也因為實在疲累過度，而在沐浴過後沉沉地睡去。

隔天淑君早早就被美雲喚醒，跟著家人祭祖及掃墓，金鳳的臉色雖不好看，倒也沒有再對她疾言厲色，或許是因為大哥嘉聲比她更「引人注目」的關係吧。

「少爺，快點，快換套衣服，大家都在等你哩。」一早經過他的房前，就聽到金鳳貼身丫鬟秋月的哄勸聲。

「又來了。」美雲撇了撇嘴，一臉的鄙夷。

「噓。」淑君阻止了她。

「本來就是嘛，」但美雲卻不想閉嘴，話匣子一開就打不住。「又徹夜未歸了，自己的孩子都管不好，還要——」

房門突然一開，著實嚇了她們兩人一跳。

「美雲，」嘉聲原本惱怒的表情，看到美雲卻整個放鬆。「快，快進來。」

顧不得彼此的身分，美雲立刻甩開了他拉住自己胳臂的手。

淑君也開了口。「大哥，有什麼事？」

嘉聲用他那雙雖然漂亮，卻稍嫌邪氣的鳳眼瞥了她一眼。「要她服侍我換衣服，怎麼樣？不行啊。」

「小姐，我不——」美雲企圖縮到淑君身後去。

淑君只好堆起笑容道：「大哥，秋月姨不是已經在裡頭了嗎？她手最巧，又清楚你的生活習慣，有她幫忙，應該用不著美雲吧。」

「誰說的，」嘉聲始終斜睨著她，彷彿故意要令人不舒服似的。「我就是喜歡讓美雲服侍，怎麼樣，不行嗎？我都還沒叫妳做呢，妳頂什麼嘴？」

「我沒有，我只是——」淑君都感覺得到美雲在顫抖了，怎麼能夠眞的讓她進去。

不過這些都不如前頭傳來一個威嚴的聲音。「一大早的，吵什麼吵？」

是金鳳，一時之間，「娘」和「夫人」聲此起彼落，再沒有其他的言語。

「怎麼回事，嘉聲，你衣服怎麼皺成這樣？頭髮也亂糟糟，不知道今天是什麼日子嗎？」看都沒看淑君一眼，所有的注意力都集中在寶貝兒子身上。

「他知道，他知道啦，」應聲的人是秋月，從房內搶到金鳳面前來。「少爺只是剛睡醒，所以——」

「我沒有問妳。」金鳳冷冷地打斷她。

淑君看到秋月的表情複雜，混和了急躁、焦灼、不忍和……怨懟？自己有沒有看錯？

「少爺，你趕快跟你娘陪罪，說你——」

「沒聽到我娘說的話嗎？」這次喝止她的人換成嘉聲。「沒人問妳，妳開什麼口，搶什麼功？」

秋月的雙眸更深邃了，讓淑君讀不出任何表情來。

「娘，您今天怎麼這麼早起來，不多睡一會兒？」接著他又立即湊到金鳳身邊去獻殷勤。「一大早就板著張臉，誰惹您生氣了？」

金鳳一個「你」字剛出口，嘉聲馬上循著她的視線看過去，硬是把她的話轉到淑君身上。

「我妹妹？」眞像一回事地說：「淑君，妳又惹娘生氣了，是不是？這回又是爲了什麼事？我眞不明白耶，我們林家對妳已經夠好的了，『感恩圖報』四個字妳懂不懂？怎麼就這麼不懂事呢？待會兒到了爹面前，我可要好好地上香祈求，求他點醒妳、教化妳。」

「小姐她才沒——」美雲聽不下去，不禁衝口而出。

淑君一驚，趕緊捏了一下她的手，示意她不要再講下去了。

幸好她說得小聲，除了相貼的淑君之外，沒人聽得眞切，而金鳳的注意力也全數轉移到愛子的身上。

「還是我們嘉聲貼心，明白娘的心情。」拉起他的手，此刻的金鳳十足十是個慈母。

「當然囉，我可是您十月懷胎，痛著肚皮生出來的，我不幫您想，誰幫您？」嘉聲說得更加甜膩了。

不料這話卻沒達到預期的效果，不但金鳳的笑容迅速褪去，秋月的臉色也轉爲蒼白，看得淑君一頭霧水。

這個家，實在有太多的秘密，太多的謎團。

「秋月，幫嘉聲打點一下，好出門了，看好的時辰可不能改。」下完令後，再轉向淑君說：「妳們兩個還不趕快到前面去幫忙。」

「是。」彷彿得到大赦，淑君急急忙忙拉著美雲離開。

經過一道長長的走廊後，美雲才敢幫女主人打抱不平。「叫我們兩個到前面來幫忙，不對吧，小姐，怎麼是『我們兩個』？身分又不同，妳是小姐，我是奴婢，哪裡可以相提並論。」

她說得一臉憤憤不平，淑君看了卻忍不住笑出聲來。「好了啦，幫忙要緊，省得妳等一下還要挨罵。」然後她想起了一件事。「美雲，妳有沒有看到我那塊玉如意？」

跟在淑君身邊那麼久，美雲當然知道那塊玉如意對她而言有多重要。「妳不是一直貼身帶著嗎？」

「我是啊，但昨晚我洗澡時，卻發現……」

因為不見了玉如意，讓淑君在整個祭祖過程當中都顯得有些心不在焉，於是金鳳又有了罵她的理由。

「好了啦，」麗華看不過去地說：「金鳳，今天是什麼日子，在娘和世華他們面前吵吵鬧鬧的，也不怕不安寧。」

「不安寧什麼？」金鳳冷冷地看著她，並且硬生生地回道：「我可是樣樣祭品準備周全，而且先來掃他們的墓，不像某個沒有家教的人，不先掃姓林的，倒先偷偷摸摸跑去掃姓洪的墓，大娘姑，妳說是不是？」

「妳！」麗華想數落她兩句，卻被淑君拉住。

「我怎麼樣？我有說錯？淑君。」

「娘。」明知道她叫自己絕對沒有好事，淑君仍然不能不應。

「今天當著大家的面，妳跟我把話說清楚，說妳昨天上哪裡去了，免得妳大姑老誣賴我欺負妳。」

「沒有啦，」淑君趕快說：「娘，您千萬不要這麼說，大姑她沒有這樣的意思。」

「有沒有，大家心裡明白，倒是妳，剛剛要妳說的，妳還沒給我說清楚。」

嘉聲卻在這時打了個大呵欠。「娘，我們非要在這裡講這些有的沒有的不行嗎？回去再說不可以嗎？」

「不可以！」金鳳對嘉聲難得疾言厲色地說。

淑君無奈，只得說：「娘，千錯萬錯，都是我的錯，您就不要再發脾氣了，好嗎？但是……」

「但是？」金鳳又捉到了發揮的話柄。「妳還有理由？」

是，她的確有理由，有話想要說清楚。「但是我不能忘本，清明祭祖，講的不就是這個道理？」

換句話說，是怪她堅持不讓玉葉與世華合葬了。竟然在眾人，而且都是最親近的人：嘉聲、秋月、麗華、銀樹、阿彩，甚至就在美雲的面前，給她洗臉！

是可忍？孰不可忍！

「秋月。」內心波濤洶湧，表面上卻不動聲色。

「是，夫人。」

「東西收一收，我們回去。」

「但是這香還沒——」秋月對世華墓碑投去那溫柔的一瞥，並沒有逃過金鳳犀利的眼光，於是她更暴厲了。

「秋月，妳聽到沒有？」

「金鳳，」麗華又忍不住了。「妳這是在做什麼？好歹也等香過去了再收祭品。」

「眼前不就有個活生生的祭品？」她抬眼冷笑，眼光卻盯在亡夫的墳上，彷彿期待著棺裡的死屍起來與她對峙似的。「淑君不是口口聲聲不敢忘本嗎？那就讓她跪在這裡拜，拜一整天。」

「金鳳。」麗華駭然。

但金鳳已經喝道：「跪下。」

不是她不肯跪，淑君用那雙漂亮的眼睛看著金鳳，而是她難以相信自己的耳朵。

「娘？」

「我叫妳跪下，沒聽到嗎？」

「爲什麼？」一點點的倔強、一點點的固執、一點點的傲氣，不合時宜地、或者說終於在此時此刻生根、成長，完全不受淑君本人控制。「爲什麼？」

金鳳沒有想到她會反問，只覺得冷，冷到骨子裡，一場長達二十年的惡夢，原以爲人死燈滅，都已成爲過去，不料借屍還魂，在清明時節又轉回頭來企圖籠罩她。

如今那魂魄就在眼前，口口聲聲地逼問：「爲什麼？」

爲什麼？

她吳金鳳也想問這個問題啊！

爲什麼？

但能問的人都已逝去，圖個乾乾淨淨，只留她一人還在這紅塵俗世飽受折磨，難以超生，這樣的苦楚，她又能向誰去訴？朝誰去要？

老天爺虧欠最多的人，難道不是她？她又能跟誰要公道去？

「淑君，」麗華在一旁小聲勸道：「不要說了，來，跟大姑回去。」

麗華的聲音刺激了金鳳，拉自己下萬丈深淵的，不就是同一個聲音嗎？

「不，我要她跪。」二十年前的往事，有些其實已經模糊了，所以金鳳只記得她想或她選擇記得的部分，好像老是聽到麗華要她退讓，不斷地要求她退、她讓，結果呢？退到什麼地步，又讓出了什麼結果？

不！捏緊手中的絲絹，金鳳決定不再退讓。

「淑君，昨晚我都還沒出聲呢，妳就給我溜回房裡去，今天正好補回來，免得讓我查出是誰放了妳，我連她一起算帳。」眼角有意無意地瞄了麗華一下。

「金鳳，妳不要太過分，我——」

麗華原本要說什麼，大家已經聽不到，甚至連她自己後來也忘了。

因爲一個爽脆的男聲突然插了進來。

「妳也來掃墓？」他說，伴隨著與聲音同樣俊朗的身形：「眞巧，太好了。」

林家所有人的眼光都被他吸引了去，反倒是淑君愕然：這個人，怎麼會再度出現？

「不認得我了？」他卻好像感覺不到周遭注視的眼光，單對著她一個人說：「昨天我們才在溪邊巧遇，妳和──」

聽他就要扯出天水，淑君才醒悟過來，急急忙忙地搶過身去說：「你就是那個冒失鬼。」

他笑了，完全不以爲忤地笑道：「我有名有姓，是人不是鬼，來，還妳東西。」

淑君還來不及問個究竟，手已經被他拉過去，並在掌心中置下一樣物件，趕緊縮回手來，彷彿被燙著了，卻又因看清楚了他給的東西而驚呼出聲：「我的玉如意！」

「貼身戴的東西也能到別人手裡，眞是稀罕啊。」嘉聲在旁邊狀似閒散地說。

一句話喚起各人心中不同的反應，尤以秋月宣之於口的最曖昧。「果眞不忘本。」一句話便罵了上下兩代。

麗華一心維護姪女，便招呼道：「不知這位公子如何稱呼？又是在哪裡撿到淑君的東西的？」她還特地強調那個「撿」字，立意爲淑君解困。

「我姓廖，名叫坤成，今天是和家父過來掃先母的墳。」

廖？麗華看著坤成，苦苦尋思，那眉、那鼻、那臉型，均隱隱浮現某位故人的身影，難道是……而金鳳已經開口相詢：「令堂是我們艋舺人？」

一個「是」字還在唇齒間，後面倒先傳來一個聲音喚道：「坤成，你在跟什麼人說話？這裡——」接著一句失聲：「麗華……」

眾人面面相覷，竟都無言無語，末了只餘麗華堅決的一聲：「淑君，立刻跟我回去。」

第三章

麗華房內，暗影幢幢，只亮著床邊的小燈，照在淑君頂上，圍出一圈光暈。

「妳坐下。」她說。

但淑君不肯。「除非大姑您先吃點東西。」

「妳出去。」依然只有三個字。

「不，大姑。」淑君也執意。

麗華先是嘆了口氣，然後才說：「我不餓，若是餓了，我自然會吃，不過先前跟妳講的，妳得先答應我。」

「我也跟您及娘說了，我跟那個廖坤成根本不認識。」

「不認識的話，妳的玉如意會在他手中？」

淑君實在是不明白，原先姑母不是還問他姓名，對他顯然並無惡感嗎？怎麼他父親一出現，一切就都變了呢？娘和秋月姨幸災樂禍，阿彩姨和銀樹伯焦急，嘉聲、美雲和她茫然，而姑母則乍驚乍疑，一臉的陰晴不定。

直至那個人喚她名字，接著她就要自己跟她回來，然後關在房裡，午、晚兩餐都沒出來，等到淑君敲開門後，又要她發毒誓，答應立刻斬斷和廖坤成的任何關係。

「關係？」淑君聞言愕然。「但大姑，我和他根本不認識，哪來任何的關係？」如同她現在跟姑母說的一樣，卻也不否認她每提一次，那廖坤成的身形樣貌便在自己心中鮮活一回。

「一定是我昨天在溪邊勸架時扯斷，後來被他撿到的。」淑君說。

「勸架？」這倒是前所未聞。「勸什麼架？妳一個女孩子家，勸誰的架？」

既然已經說溜了嘴，淑君也就不隱瞞，把一切始末都說給了麗華聽。

「我就想，沒有人幫妳，妳一個人哪有那樣的能耐上山去，可是他們兩個也太大膽了吧。」

「大姑，」淑君立刻想要跪下來求情。「您不要怪他們，一切都是我的主意，還是我的錯，我——」

「起來。」麗華沒什麼好氣地說：「我不是金鳳，沒有動不動就罰妳跪的習慣，起來。」

「但是您什麼都還沒吃。」

麗華終於肯移步來到几前坐下了，但才舉箸，便又想到。「慢著，淑君，我剛剛跟妳提的事，妳還沒給我個準兒。」

「都說我不認識他了。」她幫麗華舀上湯說。

「卻不保證他對妳全無心思。」麗華憂心忡忡。

「大姑，您說到哪裡去了，那麼坤成不定早忘了我林淑君是誰。」

捕捉到她眼底的那抹嬌態，麗華才入口的一團飯彷彿全梗在喉間，怎麼樣也嚥不下去。

「不，」將飯吐出來後，麗華猛地扣住了淑君的手，幾近驚惶地要求：「妳不能相信這個人，我們林家女孩，再不能毀在姓廖的手上。」

「大姑，」淑君分不出來比較駭人的，是她凌厲的眼神，還是她緊扣住自己手腕的勁道。「您在說什麼，我根本聽不懂。」

「妳不必懂，只需要答應我，答應我絕不跟那姓廖的有任何瓜葛，甚至連一句話都不准跟他說，妳答應我。」

「爲什麼？」

「妳只要答應我。」

不，不弄清楚，她絕不能答應，今天在墓園裡人人各異的臉色又在她的眼前浮現，連同這些年來解不開的種種謎團，逼得她無法同意。

「不。」

「淑君，我不能讓妳重蹈覆轍。」

什麼覆轍，眞是愈來愈神秘了。「大姑，您不能讓我重蹈什麼覆轍？」

「妳不必管。」

「不，」淑君直視麗華的眼睛，雖然她蒼白的臉色和隱隱浮現的冷汗讓她心驚，可是淑君知道這一次她非堅持不可。「大姑，既然要我聽話，就應該告訴我來龍去脈，我有權知道原因，請您告訴我，爲什麼？爲什麼？爲什麼？」

爲什麼？是金鳳昂揚不肯委屈的斷然。

爲什麼？是世華悲憤不知所措的倉皇。

爲什麼？是玉葉難堪不甘受騙的吶喊。

爲什麼？

麗華手一滑，淚水跟著滾滾而下，但悠遠的往事也開始由她口中源源流出……

同樣是林家大宅，張燈結綵，八音繚繞，鑼鼓喧天，人人喜氣洋洋，但見麗華一身紅衣，到處穿梭，來來回回地接待和招呼：「湯圓煮好了沒有？煮好了，就快點端出來給客人；哎，銀樹，這八仙綵怎麼掛得歪歪的，新娘就快要進門了，還不趕快扶正；啊，三嬸婆，您來了，來了怎麼也不叫我一聲，來，快進來吃一碗湯圓……」

傳統的婚禮好像都是如此，一片慌亂，但亂中仍有序，更遑論那沸沸揚揚的喜氣，全都寫在每個人的臉上。

只有林家布莊的掌櫃銀樹憂形於色地湊近麗華說：「大小姐，新娘就快要進門了，妳跟少爺講了還沒？」

經他一提，麗華原本堆滿一臉的笑意也立刻減去三分。

「大小姐，妳還沒講，對不對？」銀樹一看即知。「萬一少爺鬧起來，說他不要娶，那該怎麼辦？」

「這……哎呀！」麗華一顆心其實早已被他說得七上八下，表面上卻還要撐持著。「不要烏鴉嘴，好不好？前面你先幫我照應一下，我進去看看娘。」

穿堂過廊，還沒到母親的房間，倒先碰上了今日的新郎倌。

「大姊。」林世華恭謹地叫了一聲。

「世華，」對於這個相貌堂堂的弟弟，麗華可是有滿心的驕傲。「你看看你，」一邊爲他整理衣領，一邊說：「都已經是新郎了，衣服還要姊姊幫妳穿，自小到大，樣樣都由大姊幫妳準備好，不過今天是最後一天了，等新娘娶進門，以後就有人來照顧你，用不著我這個大姊了。」

俯首看著她認眞的表情，世華突然一陣鼻酸。「大姊，都怪我，妳爲了這個家，到現在都還沒嫁，我倒先娶了。」

是嗎？自己至今仍待字閨中都怪世華？不，當然不是。那應該怪把她的八字生得太硬的母親囉，要不是八字硬，又怎麼會在出閣的當天剋死未來的公公，婚事因而取消，人生因而亂調呢？

她甩一甩頭，暗罵自己怎麼能怪母親，並強顏歡笑道：「大姊不是不嫁，是太普通、太平凡的男人我看不上眼，如果要我嫁，起碼也得像我弟弟這麼英俊、瀟灑才行。」然後轉變話題。「對了，世華，你的新郎帽子呢？怎麼沒拿來戴？他們沒送到你房中嗎？」

「有啦，」世華摸摸頭，傻笑道：「對噢，我怎麼會忘了。」

「去、去、去，」麗華笑著。「這邊交給娘和我，你只要專心當你的新郎就好。」

「好。」姊弟倆由相對而相背，往各自的方向而去，懷抱的心思也不同。

麗華是憂中帶喜，今天弟弟的婚事全由她一人主導，娶的是滬尾首富吳建堂的獨生女吳金鳳。原本艋舺林家布莊的獨子與滬尾木材商的千金聯姻堪稱珠聯璧合，門當戶對，端端美事一樁。

只除了……除了他們林家布莊已經是個空殼子，近年來，先是父親過世，再來母親臥病，加上世華在外地求學，家中事事樣樣，全靠她一個人撐持，眼看著就快要撐不下去了，正好有這門親事可攀，哪有不全力促成的道理？

而世華的心情則是喜中帶憂，不曉得他未過門的新娘是否已在路上了？不曉得她的母親會不會介意他們林家沒有大張旗鼓地前去迎娶？

但他相信玉葉不會在乎這些，他們一見鍾情、相愛至深，婚後必是一對佳偶。當初世華還怕母親及姊姊會看不起與母親相依爲命的玉葉，不准他娶她，想不到她們兩人在一番沉吟後會雙雙表示同意，只是礙於父親過世未久，母親又臥病在床，所以不擬大事鋪張，但盼新娘子進門，一陣沖喜，能讓母親的病情好轉，恢復健康。

哎，世華一邊戴上帽子，一邊暗笑自己：想太多了，今天可是他的大喜之日，待會兒玉葉娶進門，他的人生即將展開新幕，有他的妻、他的子、他的女，還有，他要接下姊姊肩上的重擔，好好爲代代相傳的布莊生意打拚，更要實際參與染布的過程，將他們家這塊老招牌打造成全台第一布莊，而不管腦裡的畫面怎麼轉，總有個身影陪在身旁，那是嬌柔、溫婉、賢淑的玉葉。

就在林家姊弟各自轉著心思的當口，他們心中惦念的兩位新娘也在路上巧遇了。

一邊是長到看不見盡頭的豪華隊伍，熱熱鬧鬧，浩浩蕩蕩；一邊則是只有兩名鼓手吹著歡喜的嗩吶前導，加上媒婆陪在旁邊的寒酸小轎，竟在橋頭碰上。

「哎喲！」玉葉聽到媒婆阿卻姨嚷著：「這喜沖喜，算起來是壞兆頭哩，停、停、停。」

他們停下來，另一邊自然也走不了，所幸對方的媒婆隨即想到：「快、快、快，兩邊的新娘快下來交換一下頭花，相幫福氣啦。」

經她一提，阿卻姨也會過意來。「對，這頭花換一換就沒事了。」

剛自水路過來的金鳳只覺得外面的吵雜聲加劇了她的頭暈目眩，偏偏又聽到貼身丫鬟說：「小姐，妳先出來一下。」

半晌沒有聲音，急得她趕緊掀開金鳳的頭蓋巾。「哎，小姐，妳是怎麼了？臉色怎麼這麼蒼白？」

不過即便在如此不舒服的情況下，金鳳的臉龐依舊艷光照人，美不勝收，看得秋月心緒複雜。

天公伯眞不公平，爲什麼有人生來就是千金大小姐，而且美貌、才華、財勢兼備，連未來的夫婿都有父母幫她精挑細選，再備上數也數不清的豐厚嫁妝，從滬尾由淡水河一路運到艋舺來，直接由父親交到丈夫手裡，繼續好命下去。

而有人，像她，天生就是個丫鬟，必須小心翼翼地看著金鳳的臉色，做盡一切立意討好，卻不一定就能夠討好她的事，最後還落得必須陪她嫁進林家。

不過……秋月的臉上突然掠過一抹紅顏，那林世華她見過一回，就在他與小姐相親之時，當下自己就被他深深吸引，誰知道呢？今日她是陪嫁丫鬟，哪天也許她就成了——

「秋月，我說我好想吐，妳沒聽見嗎？」金鳳氣急敗壞，卻又沒有什麼力氣地說。

「啊！」秋月回過神來，不禁緊張地說：「怎麼會這樣？那要怎麼辦？我們現在又不在家裡，沒辦法請大夫來，小姐，我想妳大概是中痧，熱到了啦。」

玉葉在轎內聽到了，天性善良的她馬上自轎內踏出來說：「要眞是熱到了，那刮一刮痧就會好，誰有牛角梳子？」

阿卻邊說她有，邊自頭上取下半月型的牛角梳子交給玉葉，於是玉葉就在路邊爲金鳳刮了陣後頸，並要秋月端杯水給金鳳喝。

「怎麼樣？有沒有舒服一點了？」看著她的臉上溢滿關切。

金鳳抬起頭來，臉上稍微恢復了一點紅潤。「謝謝妳，好多了。」這才看清楚玉葉身上的裝扮。「妳也是今天成親？」

「是啊。」玉葉微笑道。

金鳳剛剛承受了她的照顧，心中自是滿懷感激，同時也很欣賞地說：「妳如此溫柔體貼，誰娶到妳，誰有福氣。」

玉葉看她陪嫁的隊伍那麼壯觀，早料到她是位千金大小姐，不過她擁有世華的愛，一樣甜蜜幸福，遂自自然然地回應：「小姐妳也一樣，妳的氣質如此高貴，人又長得這麼美麗大方，誰娶到妳，一定好命。」

「多謝妳的金口，」一路從滬尾搭船過來，舟車勞頓，加上轎內氣悶，金鳳原本就快受不了了，如今有機會透透氣，講講話，即便是萍水相逢的人，她也歡喜，更何況對方和她一樣，也是個新嫁娘呢。「對了，妳跟妳的夫婿有沒有見過面？相過親嗎？」

開口就問這個，大家閨秀果然和她這種寒門之女不一樣，但她問得落落大方，又是一臉的誠摯，玉葉倒不覺得反感。「我們兩個是互相有心，情投意合的。」

「那眞好，能被妳這麼美又這麼溫柔的小姐中意的，一定是一個很有才華的俊逸男子，」不再難過以後，金鳳又恢復了她的天眞活潑，笑問玉葉：「我說的對不對？」

玉葉點了點頭道：「不怕妳笑，我未來的夫婿確實是一個値得我託付終身的對象。」

因爲實在不好意思，她趕緊轉話題反問：「那妳呢？妳跟妳未來的夫婿又是怎麼認識的？」

金鳳那雙水靈靈的眸子漾滿了幸福的神采。「我是父母指婚的，不過雖然我只見過他一次，他給我的印象卻很深，我確信他是一個很不平凡、很特殊的男人。」

「我相信，以小姐妳的眼光，妳未來的夫婿一定是人中之龍，恭喜妳嫁到一個好丈夫。」

「我也一樣祝福妳找到一個好夫婿。」

兩人相視一笑，還想多聊一會兒，外頭的兩位媒婆卻已經催促起來。

「快啦，妳們兩個新娘頭花趕快換一換，進門的吉時快到了，換了之後好準備走。」

於是金鳳和玉葉各自取下頭上的頭花，並細心地爲對方插上，彷彿連同心中無限的祝福也一併插上了一樣。

一直到轎子再度上路，玉葉才想到：匆匆忙忙的，都忘了請問對方的姓名了，不過……她們兩人大概也沒有什麼再見的機會了吧。

而金鳳也低聲問秋月：「知道剛才那位新娘姓什麼、名叫做什麼嗎？」

「不知道，小姐，妳知道那些要幹什麼？」

「人家畢竟幫了我這麼大一個忙……」金鳳總覺得有點不好意思。

「哎呀，小姐，」秋月卻另有看法。「就算有天人的恩情，妳跟她交換的那支頭花也夠彌補了吧，我看她給妳的這支無珠無寶，哪比得上妳原來的頭花名貴？」

是嗎？若眞是如此，自己倒能安心一些。金鳳放下頭巾，挪正了位置，一顆心開始喜孜孜地盼起未來。

然而未來卻不像金鳳想像得美好，而兩人再見的機會也比玉葉想像中要來得快。轎子才來到林家門口，就聽到人聲鼎沸，說的全是：

「想不到林家少爺年紀輕輕，卻這麼有本事，正室偏房一起娶，不簡單。」

「不過也是笑話，大小太太一起娶，怎麼媒人不知道，竟然在這裡吵起來。」

「這下熱鬧了，媒人婆不知道，不曉得花轎裡頭的新娘知不知道？」

「欸，乾脆來下注，看看哪一邊是正室？哪一邊是偏房？我猜呢，這邊嫁妝隊伍長到下、下、下條街去，一定是大的啦。」

什麼大？什麼小？兩邊的媒人兀自吵著，兩位新娘已經忍不住掀開轎子的窗簾，卻不意眼光撞個正著，同時失聲輕嚷。

「是妳？」

「是妳？」

錯愕之後便是放手縮身，各自退回轎中去，滿腹的疑團，滿腔的怒氣，全等著林家出面給個交代。

那個交代，便是世華苦苦哀求玉葉的諒解，麗華聲聲保證金鳳絕對是唯一的林家少奶奶。

於是隔天早上，玉葉便在世華的陪伴下踏進林家大廳，準備奉茶。

從昨日準備出嫁到現在，才過了一天嗎？怎麼她好像已經走完長長的上輩子了？

昨日……眞是不堪回首，因爲講明了做小，所以她的花轎被抬到偏門，不能從正門抬進林家，捨不得她的母親遠從山上跟下來，正好看見這一幕，原本說什麼都要帶她回去，不肯讓她進門做小。

但世華苦苦哀求，對天發誓他跟她一樣，也是在剛剛才得知自己必須同時娶兩房妻子，而且要是不娶金鳳，這個家就要敗了、散了，母親甚至以死相脅，說她不能眼睜睜看著林家的布莊毀在她的手上。

「玉葉，我可以很堅定地告訴妳，我還是只愛妳一個人而已，但是我只有娶她，我們家的事業才有救，如果林家的事業敗在我這一代的手上，妳叫我要怎麼對得起我死去的爹？」

她不甘心啊！難道過去的山盟海誓都是假的，都只是娘說的空口白言，但就在娘下定決心地說：「我不可能眼睜睜地看著我的女兒去做別人的姨太太，我這輩子沒名沒份，還讓妳跟著我姓洪已經夠淒慘的了，難道還要自己的女兒走上相同的命運，這是絕無可能的事！」並掀開轎簾，想要拖她回去的時候，玉葉卻想到了一件事，一件無可改變的事實。

「娘，您不用拉我了，我只剩這一步，我已經無路可走，已經來不及回頭，我已經是世華的人了。」

此話一出，對洪彩蓮的威力不下於五雷轟頂，悲痛攻心之際，她也只能將眼淚一抹，痛心疾首地說：「玉葉，妳給我聽清楚，這樁婚姻是妳自己選擇的，結果好壞妳都要自己擔，他日妳走投無路時，可不要哭著回娘家，因為從今以後，我就當沒生過妳這個女兒！」

娘那一步步踉蹌而去的腳步，每一步都好像是踩在她已然破碎的心上，痛到玉葉幾乎無淚可流。

另一邊在正門那裡，正當世華帶著萬般無奈的心情，被衆人哄勸過來欲踢轎門時，卻被裡頭的金鳳一句：「我不嫁了！」止住了腳步。

麗華只好出面來勸，先來軟的：「金鳳，今天我們林家沒有先講清楚，就是因為太看重妳這門親事，是我們世華糊塗，認識玉葉在先，我們沒辦法阻擋，不過，玉葉並不是我們林家所承認的，我們只認妳這個媳婦，娶玉葉的用意，只為了安撫世華的心；再說，哪一個男人不是三妻四妾，今天不娶姨太太，明天會娶，今年不娶，明年也會娶，既然如此，為什麼妳不大方一點，讓他娶一個比較乖巧，比較能夠讓妳壓到底的姨太太，妳讓他娶進來，就當成下人來用，這樣不是比較好使喚嗎？」

看金鳳的臉色稍緩，再來硬的：「不然，難道妳要坐回頭轎？」

這話一出口，不但金鳳愣住，連那看起來鬼靈精怪的秋月也傻掉了。

麗華見機不可失，連忙趁勝追擊。「我們做女人的命運就是這樣，這個社會會怎樣看待一個坐回頭轎回去的女人呢？金鳳，說起來，都是我們林家不對，是我們對不起妳。不錯，雖然現在讓妳受委屈，不過妳放心，等妳進了門，我一定會叫世華好好地補償妳。」

這樣軟硬兼施之下，金鳳終於下了轎、進了門，並且連同玉葉和世華三人拜了堂，算是正式成了親。

原本在夫妻交拜時，兩邊媒人婆揹著要世華跟她們的新娘對拜的畫面，已經引來一陣訕笑，到要進入洞房時，那就更爲難了，不過有愛情的牽引，世華在送走了賓客之後，還是來到了玉葉的廂房，只是濃情密意還未訴盡，世華已經被麗華半勸半拉地拖進了金鳳的房間，而且還從外頭將門給鎖上。

無法離開房間的世華，只得向金鳳陪罪。「金鳳小姐，我們林家真的是對妳很失禮。」

金鳳慘然一笑道：「說什麼失禮都來不及了，這分明是一樁騙婚，自小到大，我父母可是惜我如命，從來沒有人敢給我氣受。今天你若不愛我，就不要娶我，怎麼可以將我騙入這樁婚姻裡，還用這麼冷淡的態度來對待我，你也未免太無情了。」

世華趕緊辯解道：「金鳳小姐，妳聽我說，不是我無情，就是因爲我有情，我已經將我全部的感情都給玉葉了，所以我不能再隨便地付出我的情感。」

「那你的意思就是我活該，我就應該莫名其妙地遭受這種委屈、痛苦和糟蹋？」

世華霎時無語，金鳳見他如此，不禁更加生氣。「你說啊，你怎麼不說話？」

「我……我……」

「你怎麼樣？」金鳳手指著房門說：「要不是有那個大鎖將你鎖住，你現在就要衝出去，對不對？你現在就要趕快離開我，對不對？」

就在世華於金鳳氣呼呼的瞪視下，覺得站也不是、坐也不是之際，突然聽到外頭有人高呼：「失火了！不好了，二少奶奶的房間失火了！」

聽到玉葉有難，世華再顧不得一切，馬上奪窗而出，並衝入火場，及時救出差點被著火的樑木打中的玉葉，然後守在她身邊，再也沒有離開過。

直到隔天早上。

因爲前一晚的驚嚇，加上被濃煙所嗆，玉葉的身體其實還很虛弱，不過禮數不能免，她還是強撐著身子，在世華的扶持下，來到大廳奉茶。

「娘，我還以為您等人家那杯媳婦茶，要等到黃昏哩。」已經喝過金鳳所奉的茶的麗華，不放過任何一個可以修理玉葉、討好金鳳的機會說。

玉葉分明瘦弱蒼白，腳步踉蹌，但聞言還是趕快跪下來。「娘、大娘姑，請用茶。」

「怎麼只有兩杯？」麗華又說。

玉葉抬起頭來，滿臉不解，這裡只有兩位長輩，當然是準備兩杯茶，什麼地方出了錯？

看她一臉的茫然，麗華心中更氣，隨即一指金鳳說：「妳沒看到旁邊坐的那位是妳的什麼人？」

兩人四眼對視，心中都是萬般滋味，昨日交換頭花時的互相祝福，已然成為過往雲煙。

「玉葉，妳做人小的，就要給大的敬茶，尊稱她一聲大姊，萬事都要以她為先，如此簡單的禮數，難道妳家長輩沒有教妳？」麗華又在一旁搧風點火。

長輩？玉葉想起自己唯一的親人，也就是那已表明跟她斷絕母女關係的娘，鼻頭不禁一酸：娘跟我一樣，根本都不曉得我嫁進來，是要做小啊！

但她難過歸難過，手腳可不敢怠慢，趕緊端起旁邊桌上一杯準備好的茶，走到金鳳面前，恭謹而誠摯地說：「大姊，請用茶。」

然而眼前的金鳳已經不是昨日那個笑臉盈盈、殷殷祝福的大小姐，而是滿心委屈、憤憤不平的正室。

於是她不言不語也不動，甚至連正眼都不瞧玉葉一下，讓玉葉不知所措。

最後還是麗華與林老夫人出面，又要玉葉拿矮凳讓金鳳將腳墊高，又要玉葉跪下來奉茶，又勸了金鳳，她才勉勉強強地將茶端了過來，卻不料在掀開杯蓋後，她又突然將杯子用力一摔！

「金鳳，怎麼了？」麗華急急忙忙地問。

「是啊，」聽得入神的淑君也屏息靜氣地問：「大姑，怎麼了？」

第四章

麗華輕撫著淑君的辮尾說：「妳還要聽下去？」

她看著麗華的眼神不再清澈，有著前所未有的複雜。

「再聽下去，恐怕妳恨的人，將不僅止於我。」麗華看出來了。

「不！」淑君站起來，慌亂地否認：「不，從小到大，除了爹之外，最疼我的人就是大姑您，我怎麼可能恨您，我只是……只是……」但五味雜陳，如何一語道盡？

這個，麗華當然也瞭解。「妳累了，淑君，今晚還是講到此爲——」

「不！」淑君又折回來在她面前坐下，急切地說：「我不累，倒是我擔心您累，不過就算如此，大姑，我也要請求您、拜託您，把所有的故事都告訴我，好不好？我總有權力知道自己的出身吧！剛剛您說我娘在出嫁時，曾跟我外婆說來不及了，我今年已經十七歲，不會不明白那樣說的意思，難道那時我已經在我娘的肚子裡？」

「不，」麗華馬上否認：「妳算算時間也知道，如果妳就是那個孩子的話，今天應該比嘉聲還大，怎麼反而會比他小。」

淑君想想也是，不過這麼一來，便又引發了另一個問題。「那麼……我那個兄長或姊姊呢？」

「死了。」是麗華自齒縫中擠出來的簡單答案。

「死了？」淑君駭然，爲什麼母親生前從來沒有跟她提過這件事。「怎麼死的？病死的？幾歲的事情？」

麗華的眼神和表情突然轉爲沉靜，而且深不可測，彷彿剛剛下了莫大的決定似的。

「也是被我逼死的。」

淑君原本就大的眼睛，如今更是大到不能再大的地步。

但麗華已經不給她開口說要不要聽的機會，自顧自地說起來……

隨著碎杯而來的，是起身的金鳳拔高的聲音：「杯子裡根本沒有水，叫我要怎麼喝？」

玉葉又急又慌，第一個反應就是蹲下來撿拾一地的白瓷碎片。「這……怎麼會這樣？這杯蓋蓋著，我根本什麼都不知道。」

驀然一個聲音響起，講的全是火上加油的話。「哎喲，小姐，人家算命仙都說新娘進門捧茶要是裡面沒水，就會鬧飢荒，是大凶耶，她這樣分明是在詛咒妳，是想要妳衰到底啦！」加上表情，秋月堪稱唱做俱佳。

而手足無措的玉葉早已經為了要撿碎片而割傷了手指，惹得世華心疼不已，既不顧他們身在何處，也不管玉葉的推辭，一心急道：「走，我扶妳回房去敷藥。」

這麼一來，金鳳當然更加憤恨難堪，而麗華則忙著攔阻世華，就在眾人幾乎亂成一團的同時，銀樹突然衝進來大叫：「大小姐，不好了，出事了，出事了！」

麗華氣他來得不合時機，口氣也就跟著不好。「大小姐，我們染布廠那裡有人來鬧，說一定要少爺出面，不然他要帶人來捉人拆屋，順便把雞啊鴨啊捉得一隻都不剩。」

世華一聽大怒。「是誰這麼大膽耍流氓，這個社會是有王法的啊！」

滿屋子的人，恐怕只有麗華和銀樹心知肚明，便隨著世華一起趕往林記染坊。

這一去不但看到染坊內的染布散落一地，堪稱滿目瘡痍，世華還因為還不出錢來，而被扣留在染坊裡。

迫於情勢，麗華只好向金鳳坦言林家的經濟情況，希望她可以拿出錢來，幫忙林家度過難關。

一聽「只要」八百元，金鳳連眉頭都沒皺一下，馬上要秋月隨她回房去拿出來交給銀樹，不過她有個條件，就是：「我也要到染坊去，我要親自去帶世華回來，看看是哪個吃了熊心豹子膽的，敢扣押我吳金鳳的夫婿做人質。」

這不看還好，一看可幾乎令金鳳魂飛魄散，原來借高利貸給林家的，不是別人，正是吳家以前的長工王永泰。

這個王永泰因爲暗戀金鳳，而被金鳳父親吳建堂趕出吳家，但事隔多年，他對金鳳依然念念不忘，昨天一聽她要嫁進林家，即刻妒火中燒，甚至眞的放了一把火，企圖在一片慌亂當中劫走金鳳。

眼看著昨晚才被她趕走的永泰出現在面前，而且還是林家的債主，金鳳有些緊張、有些害怕、也有些難堪，一心惦著要將債款還清，好速速離開這個是非之地，卻又因爲瞥見世華即將被倒下的竹竿打中而挺身，結果那些竹竿便全打在金鳳的身上，讓她暈厥過去。

金鳳這番挺身救夫，自然贏得林家上下一片道謝之聲，就連世華也衣不解帶地守護在床邊，稍稍彌補了她洞房花燭之夜獨守空閨的不平與寂寞。

也因爲如此，成親三天後的回門，世華被迫得陪金鳳回滬尾，至於玉葉，不但禮物寒酸，和金鳳的疊疊層層沒得比，還得自己搭兩人小轎，孤伶伶地回山上去。

屋漏偏逢連夜雨，老天爺好像最愛跟歹命的人開玩笑，山路才走了一半，天便下起大雨，轎夫一個腳滑，三人便連人帶轎地滑落山谷。

好不容易爬出轎子，玉葉卻遍尋不著轎夫，只好自己抱著已經淋糊了的禮物，企圖爬回路面去。

驀然，一隻強勁的手拉住了她，協助她回到山路上，還用雨傘幫她遮去了漫天的風雨。

「謝謝你。」玉葉狼狽至極地擦乾臉上的淚水，抬起頭來跟他說。

那是一張陽剛味十足，外帶一抹瀟灑的臉龐，只是眉宇之間似有隱隱的哀愁，令玉葉心弦一動。

不過讓她最吃驚的，是他突如其來的大叫：「瓊美！瓊美，我終於找到妳了，謝天謝地，我終於找到妳了！」

玉葉大驚失色，立刻解釋。「你認錯人了，我不是什麼瓊美，我叫做玉葉，你是什麼人？我根本不認識你！」

「妳不認識我？我是妳的未婚夫啊，我們有過一段幸福甜美的日子，說過一輩子都要廝守在一起，永遠不分開的，雖然已經過了三年，但妳看這些話我都清清楚楚地記得，怎麼妳反而用這麼陌生的口氣跟我說話？」

玉葉剛面臨過生死交關，生活中又有那麼多的問題，實在沒有多少心力跟他周旋，只能一再否認，說自己不是瓊美。

「我是榮輝，妳的未婚夫婿謝榮輝，妳怎麼可以忘記我，到底發生過什麼事？」

「謝大爺，我真的不是瓊美，你認錯人了。」玉葉無奈，完全不知道這是怎麼回事。

榮輝乾脆拿出他這些日子以來到處張貼、到處問人的畫像來給她看。「妳看，這不是妳嗎？妳怎麼還能夠繼續否認？」

玉葉一看，天啊！那真的是她，可是她明明不是他口中的瓊美，而是玉葉，這……這到底是怎麼回事，她自己都快被弄糊塗了。

末了她只有堅持自己是玉葉，不是瓊美，而榮輝也堅持她是瓊美，而不是玉葉，不過現在他不跟她爭，願意幫她撐傘，送她到目的地去。

顧慮到懷中的禮物，眼前也只好讓他護送了，卻不料彩蓮說到做到，任由玉葉苦苦哀求，她就是不肯開門，最後玉葉只得將禮物放下，落寞地下山去。

然而三天來身心承受的種種折磨，加上今天淋的這場大雨，委實已經超過玉葉所能承受的範圍，因此在走了一段路後，她便暈了過去。

醒來時，發現榮輝守在一旁，嚇得她連連往後縮。

「妳不要害怕，這裡是山裡的草寮，外面風雨那麼大，天又黑了，恐怕我們今晚得待在這裡。」說完後，又忍不住詢問：「瓊美，妳跟我講，這到底是怎麼回事？爲什麼妳會改名叫做玉葉？妳什麼時候認山上那個女人做娘？妳父母不是都過世了嗎？又是什麼時候結的婚，有婆婆、有大娘姑，甚至跟人『共事一夫』？被那群土匪賣到台灣以後，妳是不是曾經發生了什麼事？是被他們打傷了，所以妳才會把我們的事忘得一乾二淨，包括我在內，但瓊美，妳怎麼可能忘記我？我是榮輝啊！」說到後來，他已經近乎聲淚俱下。

即便在驚惶之中，玉葉還是對他心生同情，看起來他對那個叫做瓊美的女人眞是情深義重，分開三年了，他仍然不死心，還遠從唐山勇渡黑水過來找她。

「謝大爺，」聽他一番剖白，玉葉的戒心稍降，取而代之的是滿心的同情。「我叫做玉葉，洪玉葉，從小就跟我娘相依爲命，在『細姨』街長大，十六歲時認識了世華，三天前嫁進林家。這就是我全部的故事，我絕對不是你口中那個叫做瓊美的女孩，你眞的是認錯人了。」

這一夜，就在榮輝的半信半疑之間過去了。但隔天一早，玉葉卻又因爲他的堅持相送，而在林家門口受盡麗華的奚落和世華的猜疑，弱不禁風的她也因而再度暈厥過去。

不過等她醒來時，卻獲知了一個天大的喜訊。

「什麼？」她完全不顧世華手中端的那碗補藥，只追著問：「你說什麼，你說我懷孕了？」

「是啊，」世華點頭微笑，外帶心疼不已。「看看妳，自己就要當娘了還不知道，也怪我，竟然讓妳一個人走山路回去，風吹雨淋的，我眞不應該，太對不起妳了。」

玉葉搖搖頭，喜極而泣。「只要你相信我，我就不怕受任何委屈。」她順道把榮輝誤認她爲瓊美的事給說了。

「我相信妳，相信妳。」世華擁著玉葉，正要親吻她時，前頭已經傳來怒拍桌子的暴喝聲。

「妳們講這是什麼瘋話，今天你們林家要不還我們一個公道，我絕對不放過你們！」

原來是金鳳父母上門來了，他們一人一口，說的都是刀鋒般銳利、冰雪般無情的話語，最後玉葉終於忍不住奔出大門外。

壞就壞在一出大門，便撞上了榮輝。昨夜玉葉昏迷時，曾經掉落一個繡荷包，巧的是瓊美也有一個一模一樣的繡荷包，榮輝因而更認定玉葉便是瓊美，可是打開一看，這繡荷包內放的，卻是一個刻了「緣定三生　世華贈」字樣的金鎖片，所以榮輝見著了，才會想要趕緊拿回來還她。

此時的玉葉無依無靠，加上榮輝仍認定她是瓊美，看到那個金鎖片後，再想起這陣子以來的紛紛擾擾，由不得玉葉不痛哭失聲，榮輝也就自然而然地安慰著她，偏偏這一幕全落入了趕出來追她的世華眼中。

古人說有妻有妾的人是享盡了齊人之福，其實世華的心中並不好過。

玉葉是他鍾情之所在，但金鳳初始無辜，繼而幫他，今天不管他捨棄哪個女人，都是辜負，如今看到榮輝擁著玉葉，滿心的煩躁終於找到了宣洩的出口，竟然偏向了先前家人的說辭，口不擇言地說既然玉葉已經懷了榮輝的孩子，那就乾脆跟他走。

玉葉哀求無效，更加痛恨引起這一切事端的榮輝，便大聲趕他走，自己則被棄於林家大門外，飢寒交迫地過了一夜。

不知那喝得爛醉的世華，此刻才剛從金鳳溫暖的被中起身。

「金鳳，昨晚我是不是對妳……」急著找上衣來穿的世華，忙不迭地問坐在梳妝台前、一臉嬌羞的金鳳。

老天爺，昨晚，昨晚到底發生了什麼事？他只記得自己喝醉了，因爲唯有一醉，才能解他心頭之痛，遭玉葉背叛之痛。

他們兩人是那麼地相愛，初識的甜蜜，熱戀的纏綿，相知的體貼，婚後的眼淚……這些，難道玉葉都忘了？

她怎麼可以躲進那個男人的懷裡，她不是他一個人的嗎？

一個接一個的問題，像極了一把接一把的利刃，深深刺進了世華的心，起先他還記得跟金鳳之間的對談，到後來……世華捧著頭，發出了呻吟，到最後，他只記得好像回到了從前，回到了佔有玉葉的那一夜，她柔軟的身軀在他底下蠕動著，挑起了他滿心的情慾，顧不得她微弱的制止，事實上，她那一聲聲：「不要，世華，不要，嗯，我快受不了了……」的嬌吟，不啻於另一種催情劑，讓他衝刺得更加勇猛。

於是……玉葉成了他的人，事後他擁緊她，吻了又吻，親了又親，口口聲聲的保證，俱是恩愛不移的誓言，怎麼如今他又對金鳳……天啊！

「我一定是喝醉了，糊塗了，連自己做了什麼都不知道……」尷尬的他實在是不知道如何解釋才好。

「你這麼說是什麼意思？」金鳳的表情立時一變。「你後悔了？你就這麼討厭我？難道感情是不能培養的嗎？」

「唉，」世華趕到她身邊來安慰道：「妳不要哭，我不是這個意思，只是我想我們——」

世華並沒有機會把話講完，門外銀樹正高喊著：「少爺，你趕快出來，二少奶奶她娘帶著那個姓謝的男人，說要來跟你對質了啦。」

一對質之下，榮輝才弄清楚了玉葉的確不是瓊美，不過讓眾人更意外的是，瓊美竟然是玉葉的雙胞胎姊姊。

一切解釋清楚之後，玉葉在自己房中對彩蓮說：「娘，當年到底是發生了什麼事？爲什麼我還有一個雙胞胎的大姊？您應該要讓我知道啊，不然哪一天我在路上遇到她，我還不知道她是我大姊，難道您願意看到我們姊妹倆相逢卻不相識嗎？」

彩蓮一臉愧疚地回應女兒：「那是一段傷心往事，都怪我傻，以爲妳爹是愛我的，誰知道他最後認的、選的還是他老婆，我只是他傳宗接代的工具而已，他一聽說我生的是女兒，連看也沒來看我，甚至連我生的是雙胞胎也不知道，只丟給了我十塊錢。」她吸了吸鼻子，硬是不肯讓眼淚掉下來。「當時我沒有工作能力，那一點點錢養妳都不夠，只好把長得比妳健康一些的大姊送人。這麼多年了，原以爲再也得不到她的消息，想不到……」

玉葉接下去說：「想不到謝大爺會爲我們帶來她的消息。」

「是啊，我牢牢記得抱走她的那對夫妻姓蔡，還給了她一個跟妳一模一樣的繡荷包。但是，知道了又有什麼用呢？一樣不知道她人在哪裡啊！」

「娘，」玉葉不忍心看母親難受，急忙安慰道：「至少有謝大爺，不，我想我應該改稱呼他做謝大哥，至少現在有謝大哥幫著我們找，對不對？更好的是，他居然是位染布師傳，這樣世華就不愁沒有人教他染布的技巧了。」

不想談世華，彩蓮便只漫應道：「嗯，」然後拉起玉葉的手說：「現在妳明白我為什麼不肯讓妳做世華的姨太太了吧，實在是這條路太難走了啊。」

豈止難走。

本以為誤會解開，一切雨過天青，只要自己謹守本分，最後婆婆、大娘姑和大姊一定就會接受她的玉葉，幾天後盼到的，卻是秋月端進來的一碗藥汁，黑黝黝的，叫人見了便打從心眼底害怕起來。「妳把這碗藥喝了吧！」她還如此下令。

「大姊，」玉葉看著帶頭的金鳳，再喚表情一樣不太自然的婆婆與麗華。「娘，大娘姑，有什麼事？」

剛剛金鳳才又為世華關愛玉葉而大發了一頓脾氣，同時也揭發出玉葉被關在林家大門外那一夜，他們已經成為真正夫妻的事實，令玉葉幾乎難以忍受，不曉得世華的真心究竟放在何處，而世華不堪兩房妻子的交相詢問，乾脆奪門而出，來個眼不見為淨。

所以此刻玉葉的心情不是不忐忑的。

結果回答她的人，竟仍是秋月。「別問那麼多，妳喝了就是。」

「我是有身孕的人，怎麼敢隨便亂喝。」她轉而求助於婆婆及麗華：「娘，大娘姑，這是什麼？爲什麼我要喝了它？」

林老夫人不得不嘆了口氣道：「玉葉，妳是一個聰明人，爲了一家的和樂，這也是不得已的，畢竟妳是小，哪有做小的比正室先生的道理，更何況妳這孩子還是在未進我們林家門前就有的，如果不處理，等生下來之後，親戚朋友、左鄰右舍一算日子，妳還要不要做人？我們林家還要不要在這坎街立足？」其實她也是不忍心，所以這番後半段全由秋月編排的話便愈說愈心虛。

玉葉臉上血色盡失，完全無法相信自己的耳朵。「這是你們林家的小孩，是林家的香火，你們忍心把他打掉？」

沒有人回答她，窗門全鎖死，玉葉已經無處可逃，但一個做母親的人，如何能夠眼睜睜地看著別人奪去她腹中的小孩？於是她拚命地掙扎，希望能夠逃出生天。

然而她雙手難敵四人，就在聲嘶力竭、拳打腳踢仍無力脫困的情況下，那碗藥汁硬生生全灌進了玉葉哀嚎的喉嚨裡。

聽到這裡，淑君終於再也忍不住地喊道：「妳們……妳們……好殘忍！」淚水也終於決堤而出，她可憐的娘啊！

麗華的雙唇蠕動著，好像想要講些什麼，但開合了數次，只吐出了一聲長嘆。

「就跟妳爹說的一模一樣。」

「爹？」

「對，當時他也是如此指責我們的，說我們太殘忍、太狠毒，居然忍心害死他和玉葉的骨肉，然後，他就帶著妳娘離開了林家。」

這樣的後續發展完全出乎淑君的意料之外，大概是早期與母親多年的相依爲命，讓她誤以爲父親是不會與她們，至少是不會與娘同甘共苦的吧！

望著驚訝到忘了流淚的淑君，麗華苦笑。「看來，妳不怎麼明白妳爹呢！告訴我，妳怪過他嗎？或是妳娘罵過他嗎？」

淑君點點頭又搖搖頭，然後解釋道：「我怪過他嗎？也許有，至少有很多的事在今晚之前我不明白，但娘卻從來沒有罵過他，從來沒有。」

麗華點了點頭。「那也就不枉費我弟弟對她的一片情深了。」

坦白說，聽到這裡，淑君對麗華的感覺不是不複雜的，但她更想知道故事的全貌。

「既然當初爹帶著娘離開了，後來他們怎麼又會回來？然後再度分開？」

「沒有，妳娘沒有再回來過，回來的，只有妳爹，或者應該說，只有妳爹的軀殼。」

淑君不懂，但這回她沒有開口逼問，只讓麗華自己沉吟片刻，再繼續往下講。

離開了林家之後，世華才發現自己肩不能挑、手不能提，而玉葉又剛失去了孩子，身體虛弱得不得了。

在無計可施之下，他們只好先回到了洪家。

彩蓮看到被逼墮胎的女兒，原本是想好好對世華發一頓脾氣的，但是看他因而離家出走，再想到他爲了玉葉所甘心放棄的一切，氣早已消了大半，隨即收留了他們。

可惜好夢由來最易醒，沒過兩天，麗華就找上門來，還帶來一個石破天驚的消息。

「金鳳有身孕了？」世華愕然。「她怎麼會有身孕？」

聽他這麼一問，麗華可逮到了發揮的機會，立刻誇張地叫道：「唉呀！你做人家丈夫的，你做的好事，你怎麼會不知道她爲什麼會有身孕？」

世華尷尬地望向玉葉，玉葉也只能難過地別開了臉。她是正室，如今又有了身孕，而自己只是個沒有孩子的姨太太……難道連讓她先生下孩子，她們都不肯？她已經放棄名份了，不是嗎？她們到底要把她逼到何種絕境，才肯放手呢？

「大姊，妳回去跟金鳳說，我跟她是沒有感情的，叫她別想用一個孩子來綁住我。」只聽得世華說。

起先玉葉還以爲自己聽錯了。「世華，我不想爲難你，如果你想回去做一個盡責的丈夫，你就回去，再怎麼樣說，金鳳大姊都是無辜的。」

世華一聽，不禁滿臉驚慌地掙開麗華的拉扯，回到玉葉身邊握住她的手說：「玉葉，妳不要這樣說，我絕對不會離開妳，當然啦，金鳳也很可憐，她莫名其妙地踏進我們林家，捲入這個不幸的婚姻裡，她也是受害者，連同她肚子裡的孩子都是，但我不能因爲同情她、可憐她就走回頭路。」

麗華聽他說得這麼決絕，當下就被氣得回轉家門，並把世華說的話，一字不漏地全說給了母親和金鳳聽。

金鳳哪禁得起這樣的刺激，她臉色一凜，隨即起身。「妳們不要再去求他了，就讓他在外面跟那個女人相好好了，反正這個孩子我也不要了，這個家我也不要了，我也不想活了，活得這麼痛苦，還不如一死百了，一屍兩命，讓大家都快活，你們林家也了了一樁心願。」說完便趁大家還不及回神的當口，迅速奔回自己房間，反鎖在裡頭，任誰拍門也不應。

大家無法可想，銀樹只好再跑一趟山上，哀求世華回家。

「大少奶奶說她孩子不要了，她也不想活了，她要一屍兩命死給你們林家的人看啦！」

世華聞言，一碗原本端在手中的飯也落了地。

「少爺，快啦！再不回去，到時大少奶奶真的帶著肚子裡的孩子死了，你後悔就來不及了。」看出他的慌亂，銀樹繼續鼓吹道。

終於世華對著彩蓮母女說：「娘，玉葉，金鳳她的個性很倔強，很可能做出這種事來，我還是回去一趟比較放心。」

玉葉一聽，立刻落下淚來，他終究還是選擇了金鳳。

「玉葉，妳不要這樣，妳要相信我，這輩子我愛的人只有妳，我一定會再回來的，我只是基於做人的人情跟道義，必須回去一趟。」

玉葉透過迷濛的雙眼望著他，已然無話可說。

可是眼前世華只繫念金鳳安危，再沒有多餘的心力顧及玉葉的驚惶。

「我敢跟妳說，他不會回來了。」頹倒在門邊的玉葉，偏偏又聽到彩蓮冷冷的斷言。

「不會的，世華不是那樣的人，既然跟我保證，他就會做到，我相信他一定會回來。」

看到癡情不輸自己當年的女兒，彩蓮也只能嘆口氣地說：「但願如此，但願如此。」

兩天兩夜過去了，世華依然杳無音訊，彩蓮持續彈奏著她的三味線，而玉葉也持續守在門口，手撫著貼胸佩戴的半截玉如意。

那是年少時光，兩人在林記染坊追逐、嬉戲之後，相擁相視而笑時，世華拿出來，原意送她，卻不愼落地摔成兩半的定情物。

「玉葉，本來這個玉如意是我要買送給妳的，沒想到竟然弄破了，我眞粗心。」看玉葉露出遺憾和擔心的表情，世華又趕緊轉圜說：「不過沒關係，這大概是天意，現在妳拿一半，我拿另一半剛剛好，各自保有一半，表示我們彼此對對方永不改變的感情。」

玉葉想想這主意不錯，遂開開心心地接過半截如意。

「玉葉，我向妳發誓，這半截如意會永遠掛在我身上，除非我死——」

「不，」玉葉急忙捂住他的嘴，不讓他說下去。「世華，我不要你說那麼不吉利的話。」

世華貪戀她連驚慌失措都清秀無比的臉龐，便拉開她的手，緊緊握住地說：「玉葉，我說的是真的，妳要相信我對妳的感情，我這一輩子都不會改變，這玉如意在，我的情意也永遠都在，如果我死了——」

「不，世華，」玉葉再次打斷他說：「我寧願比你早走，也不要活在失去你的煎熬裡，如果你比我早走，你等著我，我一定會到我們初相識的那個情人湖去投湖自盡——」

世華一不忍心再聽下去，二也被她的深情所感動，乾脆用嘴封住她忙碌的雙唇，玉葉先是一怔，繼而熱情地回吻，兩人唇舌交纏，終於雙雙滑落，臥倒在七彩斑斕、隨風飛揚的布匹下。

昔日相歡今淒涼，玉葉撫著半截的玉如意，恨不得高聲呼喊：世華，世華，你現在究竟身在何方？

第五章

玉葉睜開眼睛，霎時不知自己身在何處，然後記憶才慢慢回籠，對，這裡是由黃秀緞秀緞姊主持的小明月藝旦間，她已經在這裡住了一段時間。

往事如尚未結痂的傷口，完全不能碰，一碰就疼痛不堪，血流不止，但古往今來，有誰管得住自己奔騰的心緒呢？

她又想起了苦等數日，只等到了秋月的結果。

「秋月，是少爺派妳來的，是不是？」

「沒錯，是姑爺派我來的。」相對於玉葉的熱絡，秋月一逕冷冷的。

而看到她拿出的那半截玉如意，玉葉的心也不停地往下掉，直落入無底深淵。

「他叫我把這個玉如意還給妳。」不由分說的，秋月就把刻有「玉葉」兩字的玉如意塞到整個傻掉的玉葉手中。

「我不相信，我不相信世華他不要這個玉如意，我們曾經對天發過誓，我們——」

「妳跟我說這些有什麼用，」秋月不耐煩地打斷她說：「誰有空理你們之間究竟發生了什麼事，我光忙我們小姐的事都沒空了。妳知不知道爲了妳，她上吊自殺，要不是姑爺及時趕到，我看妳要怎麼賠我們小姐，她可是千金大小姐，正牌的少奶奶，不像妳……」雖然沒有說完，但意思也很明白了。

玉葉慘白了一張臉，無言以對，秋月則愈講愈有勁，誰叫這個女人要擋了她成爲二少奶奶的路，不幫著小姐剷除她怎麼行？

像上次煽動小姐她們逼她墮胎，像這次幫忙金鳳解下倦極而眠的世華頸上的玉如意，都只爲了一個目的，對，不是爲了小姐，而是爲了她自己。

「我只是一個下人，姑爺要我做什麼，我就做什麼，他交代我，叫我一定要親手交給妳，說這樣妳就會明白意思了。他還說他不會回來了，這幾天他都守在我們小姐的房中照顧她，叫妳把他給忘了。」撂下這些話後，秋月轉身就走。

「秋月，秋月！」玉葉拔開了喉嚨叫，但秋月連頭都不回，腳步也不見遲疑。

「玉葉，不要再叫了。」彩蓮看不過去，又心疼又心痛地罵道：「妳知不知道妳這樣不但在侮辱妳自己，連我這個母親也都侮辱下去，天啊！我這麼含辛茹苦地把妳拉拔長大，究竟是爲了什麼？難道是爲了讓那個林世華糟蹋的嗎？妳爲什麼就這麼沒用呢？」

回想到這裡，玉葉的淚水更加如泉湧般爭先恐後地流淌下來，當時看到母親也氣得轉身入內，眞覺得天地之大，已無她洪玉葉容身之所，雖說這裡是她從小長大的地方，也一刻都無法待下去了，於是她踉蹌奔出家門，一路跌跌撞撞地來到名爲湖，其實還比較像溪流的情人湖，感覺那青綠的水面在召喚著她，告訴她只要走進它的懷抱，就再也不會痛苦……

玉葉勉強自己起身，想要去爲自己倒一杯水，無意中卻聽到藝旦們的七嘴八舌。

「我看哪，秀緞姊的腦袋一定有問題，跟那個玉葉姑娘無親無故，竟然爲了醫她的病，把身上所有値錢的金戒指、金項鍊、金手環，甚至連金耳環都脫下來幫她買藥，這是在幹什麼啊！」發難的是小艷紅。

「就是嘛，」自她們這裡最紅的大室藝旦映雪跳槽後，小明月中就屬小艷紅排行第一，其他的藝旦當然唯她馬首是瞻。「上次恰巧路過，從水裡把她拉上來，我們已經算是仁盡義至了，好不容易把她從鬼門關救回來了，她竟然又跑出去淋雨，簡直折騰人。」

「對啊，」另一名藝旦又說：「現在我們小明月都沒生意，就快關門了，她還那麼闊氣，看得我都快氣死了。」

「秀緞姊的心實在太軟，沒錢還要裝大方，把她自己給拖累害慘不說，還害我們這個月的月費也都拿不到，」小艷紅愈說愈有氣。「這些啊，都是那個姨太太害的！」

玉葉聽了不禁愧疚、自責不已，和外頭那些藝旦一樣，完全沒注意到秀緞已經轉進門來。

「妳們這些女人是不是太閒了，還不去練琴，真的要小明月關門大吉嗎？」

秀緞如今雖已三十好幾，但她年輕時可是艋舺地區有名的大室藝旦，所以無論外貌、氣質與派頭，都還保留著尊貴的風範，大家被她一說，隨即四散。

而玉葉也才扶著牆壁走出來。

「玉葉，妳身體還沒好，怎麼不去房間躺下來？」看到她虛弱的模樣，秀緞立刻數落道。

「秀緞姊，妳為什麼要這麼做？」

秀緞一笑，豁達地說：「錢是身外之物，我又不是沒有窮過、富過，我看錢沒那麼重啦，救人一命，可比什麼都還要值得。」

玉葉感動不已，淚如雨下。「秀緞姊，我拖累妳，虧欠妳那麼多，妳對我這份恩情，叫我怎麼還啊！」

「三八啦，妳趕快好起來，就是對我最好的報答了。」秀緞說：「放心，我剛剛不是說過了嗎，我有錢過，也落魄過；這間小明月風光過，也衰敗過，只是最近的運氣比較差而已，大不了關門大吉，餓不死人的。」

她雖然那樣說，但玉葉的內心卻自有盤算，於是幾天之後，當坎街因為一年一度的藝旦競選花魁比賽人聲鼎沸、鑼鼓喧天時，秀緞和陪著前來的榮輝赫然見到玉葉代表小明月化名牡丹出現於台上。

「榮輝，」雖然感動，秀緞還是緊張不已地說：「選花魁是要琴棋詩畫樣樣精通才行，你看玉葉她有辦法嗎？」

榮輝是玉葉的舊識當中，唯一知道她還活著的人，而他和秀緞則認識得更早，那是因爲他曾企圖到小明月去找瓊美的關係。

「秀緞姊，妳太緊張了，妳看看這個台步，那麼地千嬌百媚、萬種風情，確實很迷人，玉葉確實是一個才藝美貌雙全、深藏不露的人。」

「牡丹小姐，」台上的主持人才不管秀緞緊不緊張，已經開始考起玉葉來。「名山絕業足千年，猶有人間未了緣，聽水聽風還聽月，論詩論畫復論禪，請接下聯。」

「不知道玉葉有沒有辦法應付，」秀緞又緊張了。「唉呀，眞是急死人了。」

「放心，秀緞姊，」榮輝只好再安慰她：「玉葉敢來參選，我相信她一定是有備而來，妳就別緊張，慢慢看下去。」

果然台上的玉葉不慌不忙地接道：「下聯是：家居鹿耳鯤身畔，春在寒梅弱柳邊，如此綺懷消不得，一簫一劍且留連。」

在大家的一片叫好之聲中，玉葉又給了秀緞一個更大的驚奇，接下來的三味線曲，她彈得曲折哀怨，別說是她本人了，就連那些看熱鬧的婦女，也有好些被她彈得落下淚來。

麗華看著淑君的淚眼問道：「結果妳猜，妳娘得了第幾名？」

「第一名。」她毫不猶豫地回應，她可是靠娘的三味線養大的啊！

麗華點頭。「是，她的確得了第一名，也就是那一年的藝旦花魁。」

淑君想到了一件事。「但你們大家同在艋舺啊，難道就沒認出我娘來，不知道我娘並沒有死？」

麗華又嘆了一口氣。「妳說呢？事實上，那一天我們也正好陪妳祖母到廟裡上香，回程看到了正在遊街的藝旦們，妳父親當下就把妳母親認了出來。」

淑君頓有驚心動魄之感，想不到爹和兩位娘之間，會有這麼多糾纏的往事。不過眼前好像有更重要的一件事。

「大姑，您先把飯吃了，好不好？但這些菜都涼了，我到廚房去讓他們再端熱的來，免得您餓著了。」

麗華感動得泫然欲泣。「淑君，聽了這麼多大姑的作為，妳都不怪我？」

「大姑，這九年來，在這個家裡誰最疼我，難道我會不知道？我娘若還在世，也絕對不希望看到我怨恨任何人，更何況我們還同姓林呢。」

「妳這麼善良，這麼體貼，實在像極了妳娘，」麗華抬了抬頭，抿了一下唇說：「我喝碗湯，飯不吃了，趁著這勢，今晚就把所有的往事全說給妳分明。」

是的，玉葉爲小明月奪得當年的藝旦花魁，而且正式掛牌接客。

世華來了、金鳳來了、麗華來了、林老夫人來了，甚至連彩蓮都來了，玉葉也都——接客，就是一個都不肯認，咬死自己是小明月的牡丹，不是他們口中那個已經跳水自盡的玉葉，到最後，世華也不得不死心，聽從金鳳父親的安排，到唐山去了一趟。

支開了女婿，吳健堂隨即到小明月來，點名要牡丹做陪，然後極盡能事地羞辱她，包括要她把掉在地上的飯菜一粒一葉地撿起來。

這一來，不但秀緞看不下去，始終在小明月外頭留意著「牡丹」的彩蓮也衝出來護衛女兒。

「吳建堂，你不要欺人太甚，你以爲你可以用錢收買一切嗎？」

「妳？妳是……」建堂的臉色突變，彷彿看到一個不該出現於此時此刻的人一樣。

「我是洪彩蓮，你忘了嗎？」

「妳是洪彩蓮？想不到十八年過去了，妳還在藝旦間討生活。」建堂確實訝異不已，但隨即又擺出他有錢人的不屑嘴臉來。

彩蓮不想辯解什麼，只衝著他喊：「你管我在哪裡做什麼，你我之間早已沒有瓜葛，但我不准你去點我女兒，不准你碰她一根汗毛！」

「牡丹是妳的女兒？」建堂起先有點驚訝，但接下來卻說：「想不到妳會這樣地不知羞恥，不但讓妳女兒做人家的偏房，還讓她淪落到藝旦間來，我真不知道妳這個娘是怎麼當的，果真是有其母必有其女。」

目睹此景，玉葉再也忍不住地衝上前來，護住彩蓮對建堂說：「我不准你侮辱我娘啦！」

就這樣，玉葉認了母親，彩蓮得回了一個女兒，但榮輝卻在同時接獲瓊美的死訊。

辛辛苦苦找了三年，好不容易找到了，她卻已經成了一坏黃土，不要說榮輝受不了，就連從未謀面的玉葉也哭得幾乎斷腸，更不用提那才找回一個女兒，卻又永遠失去另一個女兒的彩蓮了。

於是榮輝借酒澆愁，什麼人都不見，好像想將自己溺死在酒精中，好隨瓊美而去似的，直到秀緞的一席話將他罵醒為止。

將醉得東倒西歪的他一路拖到瓊美的墓園前，秀緞便開罵：「你想想看，你這樣對得起瓊美嗎？你以為你這樣是懷念她，想陪著她去死，就表示你很愛她嗎？你只想對死的人負責，就沒有想過我們活著的人，難道要我們大家都陪著你痛苦、陪著你哀傷嗎？」

看著瓊美的墓碑，想起兩人過往恩愛的情景，榮輝立刻哭得肝腸寸斷，連秀緞都忍不住陪著落淚。

不過這一罵也總算罵醒了榮輝，他重新振作起來，決定看在玉葉的份上，接受麗華的請託，到林記染坊去指導工人染布，以對抗王永泰開在林家對面，故意削價，惡意競爭的布莊。

就在這個時候，世華回來了，而且剛回來坐在人力車上，便瞥見了玉葉，而結果，他當然又失去了她的蹤影，只得在巷弄間如無頭蒼蠅般亂找。

「謝榮輝！」玉葉沒有找著，倒撞上了榮輝。

「林世華！」

「你有沒有看到玉葉？」

「玉葉？怎麼可能？玉葉不是已經死了？」

「是啊，玉葉她已經死了，」世華總算稍稍恢復地說：「她已經離我而去，再也不會回到我身邊了。」

看到他癡情的模樣，想起自己的一片痴心再也無處可託，榮輝不禁流露出同病相憐的同情，拍拍世華的肩膀說：「別想那麼多，回去吧！」

「等一下！」世華突然出聲叫住已經轉身意欲離去的榮輝。「我……我現在還不想回家，不知道你有沒有空？是不是可以陪我去喝一杯。」

看他實在可憐，榮輝便陪他到酒樓去，叫了一桌的酒菜。

「明明離開艋舺沒多久，現在回到這個熟悉的所在，卻已經有點生份，難道這就是所謂的近鄉情怯？」

「你要振作起來，」榮輝添酒不忘鼓勵：「玉葉在天上，一定也很掛念你。」

「是嗎？她真的會掛念我？那她為什麼不來入我的夢？為什麼除了悲傷，什麼都沒留給我？」

榮輝觸景傷情，也說：「就像瓊美一樣，她也沒來入我的夢，我相信她一定是不想我繼續爲她悲傷……」

世華聽了精神一振。「瓊美？你終於找到你的妻子了？」

榮輝黯然點頭。

「那不是太好了嗎？我想我岳母一定很開——」

「我是找到了她的墳。」榮輝打斷了世華的雀躍道。

「她……死了？」世華露出難以置信的表情。「我還記得你曾經把玉葉錯認爲你的妻子，想不到她們雙胞姊妹的命運竟然這麼相同，連我們兩個連襟的感情路也一樣走得這麼坎坷……」

「不一樣，」榮輝忍不住衝口而出：「你比我幸福多了，至少……你並沒有見到玉葉的屍體，說不定她現在還活在世間的某一個角落裡等著你……」

世華搖頭苦笑。「不可能，你不要再安慰我了，像剛剛我以爲看到了玉葉，其實不過是我自己的胡思亂想而已。如果玉葉還活在這世間上，她才不會這麼狠心不來見我，不來找我，忍心眼睜睜地看著我爲她這麼傷心、這麼痛苦……」

看他猛灌愁酒的樣子，榮輝實在很不忍心，也想阻止，可是回頭想想自己，前陣子痛不欲生的時候，不也幾乎醉死？

乾脆也一仰頭，喝下杯中的苦酒。

「來，」世華再爲兩人各倒一杯。「再乾。」

就這樣你敬我一杯，我回你一杯，也不曉得喝了多少，總之世華比他早醉，醉到幾乎都快不醒人事了。

「世華，你知不知道你這樣子根本是在自暴自棄，如果玉葉還在世上，她看到你這樣折磨你自己，她會有多難過？」榮輝試圖以秀緞勸過他的話來開解世華。

但世華哪裡肯聽，又哪裡聽得下去。「榮輝，你的瓊美死了，我的玉葉也死了，她們都已經不在世上，我們兩個現在同是天涯淪落人，何必自己騙自己呢？」他發出淒涼的笑聲說：「你看你，還說我醉了，其實眞正醉的人是你！」說著就又想拿起酒喝。

「世華……」榮輝蓋住酒杯勸阻。

世華索性拿起整瓶酒來。「瓊美的靈魂還沒走多遠，她還在家裡等著你，你應該回去陪她，你不用擔心我，喝玩這瓶我自己會走。」

「世華！」榮輝已經開始考慮要不要來硬的了。

「姑爺！」驀然一個聲音插了進來。「姑爺，你回來了，你回來了為什麼不回家，卻在這裡喝得爛醉呢？」

「妳是誰啊？」世華醉眼迷濛地說。

「我是秋月，姑爺，你看看你，醉成這樣，連我都認不出來了。」

榮輝如遇救星般說：「秋月，妳來得正好，妳家姑爺醉得不省人事，妳快去找銀樹來扶他回去。」

「謝大爺，姑爺醉成這樣，還是早點回去比較好，我看我來就行了，」說著便去扶世華。「來，姑爺，我們回家去吧。」

榮輝看她一個小姑娘如此盡心盡力，也來幫忙，可是世華卻不怎麼合作。「我不回去，我不回去，玉葉又不在家等我，我還要喝，還要喝。」

已經扶好世華的秋月哄道：「好好，你不回去可以，我們換個地方再喝，好不好？來，我們走。」

榮輝目送他們離去，不禁頻頻搖頭，而這也成為他日後想起，懊悔不已的一幕，要是當時他堅持秋月回去叫銀樹來扶世華，或是自己也上前去助秋月一臂之力，跟她一起送世華回去，那麼後來的故事是不是都將改寫呢？

雖然玉葉口口聲聲堅持她不是玉葉，而是小明月藝旦間的牡丹，可是艋舺有多大？到過藝旦間的人都繪聲繪影地傳林家二少奶奶淪爲藝旦，紙又如何包得住火？

所以先是金鳳用當初和玉葉交換來的那支頭花試出她的眞實身分，繼而拿一筆錢來小明月，想要打發她離開艋舺未果，後來世華又在去探望彩蓮的時候，撞見玉葉來不及收好的玉如意。

「玉如意？這不是我跟玉葉的定情物嗎？」

躲在房裡的玉葉一聽到世華的驚嘆，才發現玉如意不在自己懷中，眞是太大意了，怎麼連玉如意掉了都沒發現呢？

而世華也摸了摸自己的脖子驚呼：「我的玉如意呢？這塊玉如意斷成兩半後，本來是我跟玉葉一人戴一半，前陣子我爲了失去玉葉，傷心到都沒想到這塊玉如意的事，這一半原本明明都戴在我身上，現在怎麼會出現在這裡？連玉葉那一半也……」世華愈說愈越不解，索性問彩蓮：「娘，這到底是怎麼回事？」

「你不提這件事我還不會生氣，就因爲這塊玉如意，才會逼得我們玉葉去跳湖，她是被你害死的，你會不知道？」

「我逼死玉葉？娘，這是怎麼回事？」

看他一臉茫然，再看他堆了滿桌的所謂「從唐山帶回來孝敬岳母的禮物」，彩蓮不禁滿心憤恨地逼上前質問。

「你問我？我才要問你呢，那天你大老婆尋死尋活，你答應玉葉等你回去處理完你大老婆的事後，就要回來見玉葉，結果呢？你讓玉葉在這裡等了三天三夜，不但自己一去不回，還叫秋月那個丫鬟把這塊玉如意送回來，跟玉葉說你不會再回來了，叫玉葉把你給忘了，這不是你的意思嗎？怎麼你現在推得一乾二淨！」

乍聞此事，世華彷如五雷轟頂，只能再三解釋，可是彩蓮如何肯聽，硬是將他趕了出去。

但也因爲見到了玉如意，世華原本已死的心又重新燃起了希望，只要玉葉沒死，他確信，不，是他就一定要把她給找回來。

從此他開始在大街小巷尋找玉葉，皇天不負苦心人，這一天他終於在街上撞見與秀緞同車的玉葉，馬上緊追不捨。

「玉葉！」他甚至巴著人力車不放。「玉葉，我總算找到妳了！妳快停車，我有好多好多的話要跟妳說，玉葉……」

客人沒叫停車他不能停，可是對於他們談話的內容車夫又實在好奇，便刻意將車速放慢，讓他們說個夠。

「你找我做什麼？就算我是玉葉又怎麼樣？我已經不是當年那個跟人家『共事一夫』的小老婆了，現在的我是一個只要有錢就可以買我笑、叫我哭的藝旦，你應該回去找金鳳，她才是你這輩子最應該珍惜，也最值得負責的女人，你們回去好好地過你們的日子，不要再來找我了！」

「不！」世華邊跑邊說：「玉葉，妳聽我說，送回那塊玉如意並非我的本意，我真的沒想到金鳳她會那樣做，當時她尋死尋活，我幾乎兩天兩夜沒有闔眼，所以才會睡得人事不省。像她那樣的女人，實在太可怕了，我沒辦法再跟她相處下去，現在我知道妳還活著，而且又找到了妳，怎麼還能讓妳再過這種流浪的日子，妳快跟我回去，我們一家團圓好不好？」

玉葉內心的掙扎全寫在臉上，就是開不了口。

「玉葉，如果妳不想回家，可以，我馬上就搬出來！只要能夠跟妳在一起，就算妳到天涯、到海角，我也願意一路相隨！」

玉葉實在沒有辦法了，只得求助地看向秀緞。

「妳不要看我，妳自己想清楚妳未來要走的路，看妳是要選擇繼續做妳的藝旦，成全他們夫妻，還是要回去林家過那種跟人『共事一夫』，吵吵鬧鬧的細姨生活。」

「玉葉！」世華苦苦哀求。

不錯，這是她深愛的男人，原意一生相隨的男人，但是婚後的委屈、墮胎的痛楚、跳湖的絕望……玉葉不堪回首，也實在無法再承受一遍。

於是她幾近崩潰地叫道：「你不要再說了！你以為你想怎麼樣就能怎麼樣嗎？那你娘怎麼辦？你大姊怎麼辦？林家又怎麼辦？你別忘了你是林家唯一的獨生子，你真的可以什麼都不管嗎？」

被這一問，世華頓時語塞。

看他這樣，玉葉更覺心酸。「就算我們兩個相愛又怎麼樣？過去我們勉強在一起，結果造成大家痛苦，現在我想清楚了，我不想再回去過那種日子，你走！我不想再見到你了！車夫，拉快點！」

車夫立刻加快腳步，但世華也不放棄，仍舊追著車子跑。「玉葉，妳別走，玉葉！」

突然巷道閃出一輛手推車，推車的人看見世華時雖想煞住，奈何力不從心，也已經來不及，於是手推車撞上世華，他便在發出一聲慘叫後，連連翻滾，致使頭去撞到路邊的石頭，馬上流出血來。

「世華！」榮輝正好看見這駭人的一幕。

「世華！」玉葉幾乎是奮不顧身地跳下還未完全停妥的人力車，往他奔去。「世華！世華！你要不要緊？」

「玉葉，」世華只覺得頭暈目眩，眼前漸漸發黑，不過這些都無所謂了，因爲玉葉在他身邊，她回到他身邊來了。「玉葉，妳原諒我了，是不是？」話一說完，還沒等到答案呢，他就暈厥了過去。嚇得衆人七手八腳的，趕快把他帶回小明月玉葉的房間，並請來大夫診治。

「世華，」因爲大夫吩咐他們一定要把他叫醒，否則他這輩子堪憂，所以在送走大夫後，玉葉就拚命地叫喚：「過去我是一個軟弱、認命的女孩子，爲了不想讓你爲難，我故意傷害你、不認你，害得我們兩人分開，活得這麼痛苦，結果換來的是悲劇一場。現在我後悔了，我不要再違背自己的感情，我答應你，只要你醒過來、活過來，我再也不要跟你分開了。世華！你聽清楚了沒有？你醒醒！」

她的呼喊讓在門外的小艷紅她們都不禁紅了眼眶。

「世華，是你自己說的啊！就算我要到天涯、到海角，你也願意一路相隨！現在我再也不要去管什麼跟人共事一夫，我也不在乎做人偏房，我只要你醒過來，你有責任照顧我一輩子，你一直躺在這裡算什麼？你快醒醒！我要跟你在一起，生生世世永不分離，你聽清楚了沒有？世華！」

淑君彷彿能看到當日母親絕望的樣子，不禁落下淚來。

麗華趕緊幫她擦乾淚水說：「傻孩子，後來妳爹就醒過來了呀！哭什麼？」

「我……我……」淑君仍抽噎著。「原來爹娘他們曾經經歷過如此多的折磨和考驗，不過總算苦盡甘來，之後我娘是不是就跟爹回來了？」

麗華卻搖了搖頭。「我說過，後來妳娘就沒有再回我們林家生活過，不是嗎？」

「為什麼？」

麗華躊躇著，似乎決定不了該不該繼續往下講。

「大姑，為什麼？難道我娘受的折磨還不夠多，我爹的感情還不夠堅定嗎？」

麗華先重重嘆了口氣，才說：「妳聽好了，因為秋月懷孕了，懷的還是妳爹的孩子。」

淑君聞言幾乎失聲。「什麼？」

第六章

淑君追問著：「怎麼會這樣？怎麼會發生這樣的事？」

麗華搖了搖頭。「如果我當時清醒著，我想我也會問同樣的問題，爲什麼？怎麼會這樣？」

淑君聽出了端倪。「如果您當時清醒？大姑，這是什麼意思？」

「我失神了好一陣子，也就是做了一陣子人家口中的瘋子。」

淑君搜尋著她的臉色。「您在開玩笑，是不是？因爲捨不得我難過，所以故意說來逗我笑，對不對？」

她沒笑，反倒是麗華笑了。「所以我說妳是傻孩子，這種事要不是眞的，我會拿來跟妳說？」

「爲什麼？」

「爲了一個男人。」

「男人？」淑君自以爲是地說：「是大姑丈嗎？但您們不是早就離婚了？」然後又想到了另一件事。「他叫王永泰，而您先前說愛著大娘，不惜放火燒我們家的那個人也叫王永泰，他們……」

「他們是同一個人。」麗華毫不遲疑地落實了她的猜測。「我就是學不乖，一再上當、一再受騙，淑君，經過今晚，妳會不會看不起大姑？」

「怎麼會？」淑君大聲說：「大姑，您怎麼可以這樣貶低您自己？相信愛情的人，總比玩弄感情、踐踏感情的人好。」

「是嗎？」

「是。」淑君還點了點頭，以示強調。而心中不知怎麼地，竟然浮現廖坤成的身影。

麗華又苦笑了。「所以才一定要說給妳聽分明。」

麗華並非一早便打定爲家中的事業犧牲自己婚姻的主意，事實上，她也曾經有過待嫁的甜蜜情懷，只是這個美夢在出嫁的那個早上，隨著對方父親的中風身亡而消逝無蹤。

從此她背負了「八字太硬」的惡名，在沒有親事敢再找上門的情況下，苦忍心中的寂寞與孤獨，用堅強的外表掩飾柔軟的芳心，幫世華撐起林記布莊。

饒是這般好強，還是躲不過命運的捉弄，多年前從她這邊學得一身做生意手腕的男人回來了，還娶了個年輕貌美的妻子，不只如此，尤有甚者，婚後他居然又來招惹麗華，甚至約她私奔。

結果證實這一切全是他的謊言，上回他騙的還只是麗華的感情，這一回他竟把主意打到麗華的私房錢上頭。

或許是舊情難忘，也或許是寂寞太久了，加上前陣子林老夫人誤以爲榮輝對麗華有意，特地邀他來家中作客，想把女兒許配給他，卻遭到他的拒絕……總之，麗華明知不該，還是屈服在那男人的甜言蜜語之下，不惜要銀樹挪用布莊的公款，決定與他私奔。

可是錢他拿去了，麗華在相約的橋頭苦苦相等，卻沒等到他人來。

來的人是銀樹，還帶來了殘酷的事實。「大小姐，我們回去吧，他不會來了，剛剛我看到他帶著妻子，已經又離開了艋舺，他不會來了。」

「不！」麗華禁不起兩度受騙，加上金鳳的冷嘲熱諷，情緒終於崩潰，開始了她將近一年的瘋癲生涯。

在此同時，原本跪著的玉葉剛獲得婆婆的原諒，不料才起身，便撞見金鳳拖著秋月由外頭氣沖沖地進來。

「金鳳，秋月是犯了什麼滔天大罪，讓妳這樣一路拖進來？」林老夫人問道。

之前金鳳因爲秋月屢次有意無意地製造機會給王永泰，讓他對自己糾纏不休已怒責過她多次；而秋月也利用金鳳不敢揭發永泰對她那一門心思的心理，讓未失心前的麗華和林老夫人對她同情有加；主僕兩人早存心結，現在更是箭拔弩張，也難怪林老夫人會皺起了眉頭。

秋月早早朝她跪了下來。「老夫人，別怪我們小姐，我知道我做錯了，這一次我們小姐再也不會原諒我了。」邊說還邊哭。

「金鳳，到底發生了什麼事？」現在也沒時間跟金鳳解釋爲什麼玉葉會在這裡了。

「如果她是我們林家的下人，我還可以讓娘用林家的家法處罰她，偏偏她是我們吳家陪嫁來的丫鬟，我還眞的沒那個臉說。」說是沒臉，金鳳仍然講了：「在我面前，她都敢跟別的男人胡來，弄到大肚子回來，眞不知道在我背後，她還有多少事情瞞著我！」

聽她這麼一說，所有的人都呆掉了，而金鳳並沒有停下她追問的腳步。

「剛剛大街上人多，我不想讓妳難看，現在都回來了，妳老實跟我說，那個將妳肚子弄大的男人是誰？妳說啊！」

秋月一逕跪著，不管誰問她，就是不鬆口，直到世華也加進來問，她才哭得不能自己。

「姑爺，我說過，我只是一個小小的丫鬟，連死都不足惜，清白又算什麼？我也以爲那一夜你對我做的事，只要我不說，再也沒有人會知道，誰曉得老天爺就是要作弄我，讓我懷下這個孩子，天啊！這個孩子根本不應該到這個世界來的啊！」

這段話彷如一顆炸彈，不但炸掉了玉葉對世華最後一絲的信任，也炸掉了金鳳殘餘的自尊。

於是原本就因爲麗華的頻出狀況而亂糟糟的林家更亂了，金鳳哭著、吵著回娘家；秋月也哭著、吵著要去尋死以殉主；有時實在吵得太過分了，林老夫人也只能對著依然痴傻的女兒落淚。

她何嘗不想倚賴兒子，畢竟樓子是他捅出來的，但如今他忙著求玉葉回頭都來不及了，哪裡還管得著家中那對都懷了他的孩子的主僕？

玉葉這次是不會回頭的了，不但不會回頭，而且還打算拋卻過去，勇敢地往前走。

當日世華馬上跟在她身後追到藝旦間，可是悲憤交加的她已經聽不下任何的解釋。

「聽你解釋？世華，你還能怎麼解釋？你能說秋月懷了你的孩子是一個誤會？還是她懷的根本不是你的孩子？」

世華看到心愛的女人因自己一再受傷，也心痛如絞，不禁落下淚來。「我知道，我對不起秋月，對不起金鳳，我更對不起妳……」

玉葉在淚眼迷濛中笑了出來，但那笑眞是比哭還教身邊的秀緞和榮輝難受。

「既然你對不起每一個人，那你還來找我幹什麼？你能給我的只剩下傷害。」

「可是我眞的不是故意的，玉葉，妳應該最清楚，在這世上我最捨不得傷害的人是妳，每一次發生的事情，都不是我願意的，玉葉，妳一定要原諒我。」

「原諒你什麼？世華，你早已經將我們的感情逼上了絕路，我們已經無路可走了呀。」

「只要妳肯原諒我，我保證，我們還是有希望的。」世華也知道自己的行爲實在很難獲得諒解，但要他就此放棄，又怎能甘心？

「希望?」玉葉心中的怒火已然燃起。「什麼希望?在你、我和金鳳大姊之間,再加上一個秋月是不是?你對不起每一個人,你要對每一個人負責任,世華,我不知道你怎麼樣,但我已經累了,我不想再繼續淌這潭渾水。」

聽出她話中的絕望,世華也急了。「玉葉,妳不能放棄我,沒有妳,我一天也活不下去。」

這些話以前她聽,也許還會感動,但今天玉葉實在是累了,累到心力交瘁,搖搖欲墜。

榮輝反射性地過來扶住了她。「你不要再打擾她了,聽到沒?」

「榮輝,你不要管我們的事。」世華再次企圖拉玉葉的手。「玉葉!」

天啊!玉葉在心底哀嚎:老天爺,您到底要將我折磨到什麼地步才甘心?於是眼前只求讓世華快快離去的她遂衝口而出:「林世華,你聽好,我已經決定要嫁給榮輝了,你回去吧!」

就是那一句話,一句原本誰都沒有想到的話,卻又好像具現了許多人長久以來所懷抱的期望與祝福。

於是世華黯然離去，每一個沉重的步伐好像都踩在玉葉早已不再完整的心上，每踩一下，她的心就痛一回，可是覆水難收，更何況幾乎所有的人都贊成她改嫁榮輝。

榮輝對瓊美的深情有目共睹，如今瓊美既然已經香消玉殞，那娶她的雙胞妹妹豈不是順理成章？彩蓮深感安慰，也就由得秀緞忙將起來。

「彩蓮姨，這眞是大喜事一樁，想想看，我這小明月藝旦間還沒辦過喜事呢，現在正好給玉葉她大大地熱鬧一番。」

「還要勞煩妳，眞是不好意思。」彩蓮說。

「不，一點兒都不痲煩。」秀緞失蹤多年的老情人阿國最近「衣錦還鄉」，當起「日勝株式會社」碼頭的總管，她心情正好。「彩蓮姨，您不嫌棄我是一個藝旦，還把妳從前壓箱的曲譜都拿出來給我，而且以前在唐山時，阿國又受到榮輝萬般的照顧，就像親兄弟一樣，您看，我們這樣糾糾葛葛的，全是有緣啦！我還能不把玉葉當成自己的姊妹來嫁嗎？」

「說到這人生的緣分，眞是奇妙，」彩蓮也不禁感嘆道：「誰想得到榮輝會認識阿國呢？」

「是啊，」提到阿國，秀緞立刻眉飛色舞，完全原諒了他之前上演的失蹤記，只要他肯回來，什麼委屈她都可以拋到腦後。「不過這個死阿國實在跟榮輝沒得比，您看榮輝為了瓊美，不惜渡黑水，千里迢迢地尋妻，哪像阿國，雖然也是渡黑水，但那是為了躲避我啊！」

彩蓮被她逗得笑開來說：「秀緞，我們玉葉要是能夠像妳這麼想得開、這麼樂觀就好了。」

「人生海海啊！不想開可以嗎？每天愁眉苦臉的，日子怎麼過下去？」

就這樣，不只是秀緞，而是整個小明月藝旦間都為玉葉和榮輝的婚事忙碌起來，但在這忙碌當中，阿國卻老懷抱著一門心事。

奇怪，他左看右看、前看後看，就是覺得榮輝即將迎娶的這個藝旦和他日本老闆的未婚妻長得一模一樣，剛回到台灣時，他還差點稱呼玉葉為「富美子小姐」哩。

也許這世上眞有長得相像的人，不過像成這樣……也實在太離譜了。

忙碌的日子總是過得特別快，轉眼間就到了玉葉出閣的日子，小明月衆藝旦們雖然為她開心，但想到他們一成了親，就要返回唐山，人人心上不禁又蒙上一層離愁。

不料就在婚禮開始進行時，世華竟衝進來搶新娘，拚了命地把玉葉帶到了見證兩人種種悲歡離合的情人湖，當晚並夜宿附近的草寮。

「玉葉，」世華下定決心地說：「妳跟我走。」

「你要帶我去哪裡？」這一天紛擾下來，玉葉也實在累了，不，或許讓她這麼累的不是世華的搶婚，而是這陣子的掙扎，她可以欺騙任何人，卻欺騙不了自己，其實在她的內心深處，從來沒有忘記過世華，她最愛的人，還是眼前的世華。

「妳不是一直希望我帶著妳到天涯海角去嗎？我想過了，如果繼續留在艋舺，我們永遠都擺脫不了波波折折的命運，只有帶妳到唐山，我們可以重新組織一個小家庭，生一堆屬於我們的孩子，平平凡凡地過我們的日子，再也沒有人來打擾我們，這不是妳所希望的嗎？」

玉葉驚訝至無語。

「我承認過去我太軟弱了，又想當一個好兒子，又想當一個好丈夫和好父親，結果讓妳從嫁我的第一天開始，就過著擔憂受怕、傷心流淚的日子，還讓我們的孩子被活活地逼死，也差點失去了妳。不，我不要再過這種日子，也不要讓妳再繼續痛苦下去。只要一到唐山，我一定會彌補妳過去所受的委屈，不再讓妳驚惶過日。」

玉葉聞言雖然欣喜，卻也沒有完全失去理智。「那金鳳和秋月呢？還有她們肚子裡的小孩？你眞的忍心讓孩子生下來就沒有父親？」

提到孩子，世華又掙扎了。「這樣也不行，那樣也不成，該想的辦法我全想過了！爲什麼還是不行？老天爺，」他仰天長嘯，幾近崩潰。「爲什麼？我只想好好地跟我所愛的人平平凡凡地過一輩子，難道這樣也算奢侈嗎？爲什麼我連這一點點的希望也做不到？」

這番痛苦的表白終於打動了玉葉，於是她從後頭抱住世華，把臉貼到他背上去，展現兩人分開後的首度柔情。「你的痛苦我都瞭解，你對我的情意我也都感受得到，世華，我決定了，只要不回林家，只要能跟你在一起，只要你的心永遠是我的，那我還有什麼好計較的呢？」

「我娘是這樣子的，」淑君喃喃而語：「總是爲別人著想，總是把自己擺在最後一位。」

「不但她，」麗華接口：「連妳阿姨也是那樣的。」

「阿姨？」淑君想到了。「原先死掉的那個女人並不是瓊美阿姨，對不對？阿國叔叔說我娘長得像他日本社長的未婚妻，難道……」因爲實在是太匪夷所思了，所以淑君無以爲繼。

麗華卻點了頭。「沒錯，那位日本社長的未婚妻，正是妳榮輝叔苦苦尋找的瓊美。」

「怎麼可能！」淑君低嚷。

怎麼可能！

那也是榮輝與日勝株式會社的社長見面時，心中浮現的唯一念頭：怎麼可能！

他怎麼可能是松田正川？他應該是陳正川，是自小與他一起長大的好朋友、好兄弟啊！怎麼搖身一變而成爲日本人，而成爲松田正川，更讓人難以接受、無法相信的是接下來他所介紹的未婚妻，竟然是——

「瓊美！」榮輝喜出望外地大叫：「我不是在作夢吧？真的是妳，妳還活著！」

接收到了正川凌厲的眼神，瓊美即刻由錯愕轉爲冷靜。「你太失禮了，我根本不認識你。」

「瓊美，」榮輝仍然滿臉喜色，卻也著急不已地說：「妳怎麼會不認識我呢？妳忘了，過去我們曾經山盟海誓過，答應一輩子陪在我身邊，跟我廝守在一起，難道這些妳都忘了？」

不，怎麼會忘，又如何能忘？他們是青梅竹馬，是有過白首之約的愛侶啊！怎麼會忘記？

在分開的三年裡，她無時無刻不想念著他，無時無刻不期待著與他重逢，可是如今相見，才發現還不如不見，因爲在正川的監視下，她根本沒有辦法坦露心意，根本沒有辦法說一句眞心話。

「對不起，我不知道你在說什麼，」既然如此，乾脆連認都不要認。「何況，我也不是什麼瓊美，我叫做富美子。」

「不！瓊美，雖然我不知道爲了什麼原因，妳不肯承認妳是瓊美，但是就算妳化成了灰，我也認得出來妳是瓊美。」多麼想要擁她入懷啊！不管未來的發展如何，光這一刻，在確定瓊美仍然好好活著的這一刻，榮輝就想跪下來感謝上蒼。「瓊美，自從妳被土匪擄去以後，到底發生了什麼事？這些年妳人又到哪裡去了？爲什麼妳會跟正川在一起？妳說，妳說啊！」

她說了，但說的卻是更絕情的：「你走吧，我愛的人是正川，他是我這輩子所要找的對象，我就快要嫁給他了。」

苦苦找了三年，找到了竟是這樣的結果，不要說榮輝自己沒有辦法接受，就連玉葉他們也無法相信，爲了證實瓊美絕非無情，世華和玉葉甚至陪著彩蓮到正川的豪宅去找瓊美，得到的答案卻依然是：「我是富美子，過去的一切我已經都忘了。」

看著榮輝扭曲的痛苦表情，瓊美的心中何嘗不難受，但是她不能認榮輝，不但不能認榮輝，連那雖然從來未曾謀面，但養父母不曾瞞過她身世，所以她知道存在的生母與雙胞胎妹妹都不能認。

但她也實在受不了了，於是在彩蓮他們哀哀離去之後，瓊美便動手收拾東西。

「瓊美，妳這是在幹什麼？」送完客後，轉進裡頭來的正川問她。

「別管我，你讓我走！」

「這裡住得好好的，爲什麼要走？」正川先是著急，繼而恍然大悟地說：「我知道了，妳見到榮輝，就想回到他身邊去，是不是？」

「爲什麼？你爲什麼要故意安排我們兩個見面？你根本就是故意的，對不對？陳正川，」瓊美悲不可抑地說：「我眞的不懂，我人都留在你身邊了，你到底還想要怎麼樣？」

「人世間最悲慘的，莫過於生離死別。過去，他讓我嚐到與至親死別的痛苦，現在，我要他也嚐嚐什麼叫做生離的痛苦滋味！」

望著正川青筋畢現的臉龐，瓊美頓感無力，當一個人要歪曲事實時，別人說什麼顯然都不管用。當年土匪襲村，正川帶著他久病的母親，榮輝拖著受傷的她一起逃命，情同兄弟的兩人爭先恐後要對方帶著一老一少兩個女子先逃，自己殿後阻擋土匪。

但是寡不敵衆，不但留下的正川無力阻止，就連先走幾步的榮輝他們也很快地就被土匪追上。

一群人被逼到懸崖邊，就在正川趕上來的時候，他的母親腳步滑落，幸好瓊美拉住了她，但傷勢不輕的瓊美沒撐多久，也差點滑落懸崖，最後變成榮輝一手拉住一人。

「榮輝，救我！」瓊美叫著。

「阿輝，我……我受不了，我快撐不住了，你放手，救瓊美就好。」正川的母親說。

「不，妳們都撐著，」榮輝大叫：「都撐著，正川就快殺退土匪了，伯母，您一定要撐下去。」儘管他一人拉兩人，也快拉不住了，但榮輝知道無論如何，自己都絕對不能放棄。

無奈正川的母親實在是太老也太弱了，那枯瘦的手終於自榮輝緊捉的指間滑落。

「伯母！」榮輝和瓊美驚恐地大叫。

「娘！」殺退土匪的正川趕過來時，甚至連母親的最後一面都沒見著，她早已墜入深淵。「娘！」

滿腔的悲憤無處發洩，只能對剛剛把瓊美拉上來的榮輝拳打腳踢。「是你，是你害死我娘，你爲什麼不救她？爲什麼？」當時的他痛責。

如今他又說：「他明明可以救我娘的，但是在那個生死關頭，他選擇了救妳這個未婚妻，卻活生生地犧牲掉我娘，他這還算是朋友嗎？」

「正川，」瓊美已經不知道這是自己第幾次這樣說了：「當時他已經盡力了，他眞的想救你娘啊！可是你娘她根本撐不住，爲什麼你總是勸不聽呢？」

「妳不必爲他說情！」正川大吼：「今天如果換了我是他，我絕對不會辜負朋友的託付，他根本就是完全不顧朋友的道義，既然他無情，就別怪我無義，這個殺母之仇，我一定要討回來！」

看到他這樣，瓊美也瀕臨崩潰。「陳正川，這麼多年過去了，爲什麼還不能消除你滿腹的怨恨呢？我好恨，爲什麼當年死的人是你娘而不是我，這些年來，我的人被你綁在身邊，我的心被你折磨得還不夠嗎？你爲什麼不讓我死？爲什麼要這樣折磨我？」

「瓊美，我怎麼是在折磨妳？」正川不解。「我是在愛妳啊！當年勇闖土匪窩和這些年來的到處打拚，全是爲了愛妳，妳是我這輩子活下去的希望和勇氣，妳絕對不能離開我。」

是，後來她又被土匪捉去，就在要被賣來台灣前夕，是正川趕到救了她，但早知道他只是想拿她來作爲報復榮輝的工具，那還不如當初跳海自盡，一了百了。

瓊美不言不語，繼續收拾東西。

「富美子，」他又恢復了日名稱呼。「妳眞的要走？眞的要離開我？好！如果妳眞的要走，那我絕不攔妳。」

瓊美聞言一怔。「你眞的肯放我走？」

正川冷笑說：「當然，不過要是妳走了，我可不敢保證榮輝可以好好地活在這個世上。還有妳那雙胞胎妹妹，她叫做什麼？玉葉，是不是？聽說她是林世華的姨太太，而林世華的林記染布坊和林記布莊正想跟我做生意，妳說我要不要……」底下的話他不必說，從他冷酷的表情，瓊美也都猜得到意思了。

「你……你在威脅我？」

「妳說呢？以妳這些年來對我的瞭解，妳以為我松田正川還有做不出、做不到的事嗎？」話一說完，他即拂袖而去。

只留下瓊美跌坐在地，痛哭失聲。

同一時間還有另一個女人也在哀哀哭泣，那就是秋月。

她與小姐金鳳同一天陣痛，但金鳳生下了一個白白胖胖的兒子，取名嘉聲；她聲稱提早產下的，竟然是個死胎！

孩子死了，金鳳原本該放心的，畢竟沒了孩子，秋月就什麼本錢都沒有了，她從一開頭就相信秋月的懷孕非關世華的風流，而是出自秋月的設計，這個丫鬟從小跟她到大，她還會不知道她的厲害嗎？

不過厲害歸厲害，終究是逃不出她這個如來佛手掌心的孫猴子，坐滿月子後，金鳳特意準備了一桌酒菜和秋月對飲，展現許久不見的善意。

然後在隔天一早，把她嫁到鄰村去，圖個眼不見為淨。

本以為如此一來，她和世華恢復一夫一妻，加上有嘉聲居中潤滑，兩夫妻的關係可以漸入佳境，卻聽到了那逃婚的玉葉被世華在外金屋藏嬌，而且已然懷孕的風聲。

這一年多來，歷經結婚生子、丫鬟背叛和麗華發瘋，金鳳已不再是昔日那個天真任性，啥事也不懂的千金大小姐，而是逐日掌握林家實權的大少奶奶。

她能夠打發掉秋月，就能夠處置玉葉，而且這一次，務必斬草除根，她吳金鳳絕不跟人共事一夫，即便那個丈夫對她僅有道義，沒有感情，她仍然要獨占他，就算只獨占名份也好。

她找上了玉葉，不再咄咄逼人，反而嘘寒問暖，還說世華這樣的安排很好。「不在同一個屋簷下也好，這樣不管他到哪裡，都是我們一個人的夫婿，是不是？」

這樣的金鳳是玉葉從來沒有見過的，不禁心生警惕。

「幾個月了？」喝了她奉上的茶，金鳳閒閒地問起。

撫著微凸的肚子，想起上次被逼墮胎的往事，玉葉不是不忐忑的。「快五個月了。」

「嗯，」金鳳仍然保持著滿面的笑容。「這要是男孩呢，就做我們嘉聲的書僮；女孩呢，就來當我的隨身丫鬟；妳大概還不知道吧，秋月已經被我嫁掉了，我正缺個幫我搥背的小丫頭，雖然是細姨仔子，畢竟是我們林家的種，總不能跟著妳流落在外吧。」

就是這一席話，讓身懷六甲的玉葉從此遠離艋舺，任由眾人如何尋找，就是遍尋不著，直到淑君在河邊救起了榮輝……但那已經是八年後的事了。

至於麗華，則在與昔日一而再、再而三欺騙她的男人重逢時，赫然醒轉，並以迅雷不及掩耳之速下嫁別有居心的王永泰，恰似才離了虎口，又落入了狼牙之中。

淑君知道故事已經進入尾聲了，不過有個關鍵麗華至今未說。

「大姑，那個可惡的男人現在還在嗎？」

大概訴說往事，卸除了心上部分重擔的緣故，麗華竟然能夠笑道：「妳這麼聰明，應該已經猜到了吧。」

「他就是我們今天在墓園遇到的人。」這一次，她沒有再使用問句。

「對，」麗華的眼神轉爲冷冽。「他就是廖坤成的父親，廖春生。」

隨著麗華的義正辭嚴，淑君一顆心也不斷地往下沉去。

第七章

四年後——

二十一歲的淑君亭亭玉立，人人都誇她是艋舺坎街第一美女，不過對於這樣的稱號，淑君本人卻從來沒放在心上過。

「小姐，小姐！」美雲壓低了聲音，卻完全壓抑不住其中的欣喜。

「什麼事？」淑君從書中抬起頭來問。「看妳慌慌張張又大呼小叫，等會兒讓娘聽到，妳少不得又要挨一頓罵。」

「我還不是爲了妳的事才會這樣，」美雲噘起嘴來說：「眞是『好心去給雷親』。」

淑君凝神一想，再看她把手背在身後的模樣，一張臉馬上麗如春花般綻放。「快給我！」

見她猜著了，美雲玩興隨起，故意裝傻地說：「什麼？妳說什麼？」

「美雲。」淑君看著她叫。

「我在啊，小姐有什麼吩咐？」她更加促狹地說。

「美雲，」淑君又好氣又好笑地說：「快點給我啦！」

「給妳什麼呀？」

熟知美雲的個性，淑君索性來個反其道而行，便回頭去看書，並閒適地嘟噥道：「原來弄錯了。」

果然過了會兒，美雲就挨到她身邊來輕喚：「小姐？」

「嗯？」淑君連眼皮子都沒撩一下。

「妳眞的不想看？」

「看什麼？」她一逕以問代答。

拗不過她，美雲只好從身後伸出手來。「好吧，拿去，妳的信，坤成少爺來的信。」

淑君一把搶過，滿臉歡喜。「謝謝妳。」

美雲也笑了。「不好玩，每次想捉弄妳都不成。」卻兀自嘀咕著。

「去、去、去，」淑君起身將她往外推。「到外面去。」

「小姐好沒良心喔，」美雲佯裝不滿地說：「東西拿到了就要趕我走。」

「是要妳去幫我把風，免得待會兒其他人突然闖進來，我來不及收信，那就糟了。」

「是，」美雲臉上的笑意不減。「丫鬟這就爲小姐妳守門去。」

無暇跟她周旋，淑君立刻抽出信來看，而一看那上款「淑君卿卿如晤」六字，她滿心立刻像浸了蜜似的，一路笑到臉上來。

對，這才是她在意的，如果全坎街的人都說她美，卻得不到坤成的讚美的話，那麼那些對她又有什麼意義？

也曾試著抗拒他，畢竟如同她那晚跟麗華說的，她跟坤成一點關係都沒有，只是清明前一天在溪旁偶遇而已，可是命運卻還是安排他們一再地「巧遇」。

不論是上街購物或到郊外踏青，好像都會「湊巧」碰到他。

而每一次，他也總是有話題跟她說，而且內容新鮮、有趣，叫她想不聽都難。

終於在同年的八月中秋隔夜，兩人又在初識地重逢。

「林小姐，妳好像很喜歡這裡？」坤成說。

「又是你！」淑君低呼一聲，隨即鎖上眉頭。

「什麼『又』是我，」坤成狀似無奈地說：「難道這地方只有妳林家大小姐來得，別人就來不得？」

淑君不理他，轉身就想走。

「別走。」他卻輕輕拉住了她的衣袖。

「放手。」即便只是被拉住衣袖，她也已經面紅耳赤。

「除非妳答應不走。」

「你先放手。」

「妳不會趁機逃走？」

「我爲什麼要逃走？」她回眸瞪他道：「這裡又不是你們廖家地盤，是嗎？」

「妳沒有忘記我姓什麼，」坤成一臉的喜出望外。「那名字呢？」

淑君心中一惱，便衝口而出：「廖坤成，你不要得寸進尺。」

雖然被罵，坤成卻是絲毫不以爲忤，反而將一雙原本炯炯有神的眸子笑成了兩彎小小的月弦。「妳還記得，眞好，我還以爲妳早把我給忘了。」

「你！」淑君又惱又羞，微一使力，就把手給抽了回來。

「淑君，別走啊！」情急之下，在夢裡不知叫過幾回的名字便脫口而出。

淑君也聽得心弦一震。

淑君。

從小到大，這名字多少人叫過，母親叫過，父親叫過，大娘叫過，大姑叫過……可是，都沒有他叫得蕩氣迴腸。

不知怎麼地，淑君頓感心頭麻麻的、癢癢的，還帶點飄飄然，帶點……酸，難道，這就是書上寫過千百回、戲中演過千百回黯然銷魂的滋味？

她這廂心內五味雜陳，坤成那廂卻不知所措。「妳生氣了？真的生氣了嗎？怎麼眼眶都紅了呢？為什麼不說話？淑君，」想想不妥，又換回原來的稱呼。「不，林小姐，我無意惹妳生氣，真的，我只是……只是……」

遍尋不著適當的解釋，坤成索性直說：「只是身不由己啊！」

這話引起了她的興趣。「什麼意思？」

「妳是真的不懂，還是假的不懂？」

「你又來試探我！」淑君跺腳。

這般的嬌態是坤成前所未見的，打從認識她以來，她好像就一直那樣的高高在上，遙不可及，所以這番少女的清純著實看傻了他。

想不到淑君反而因此笑開。「瞧你這副呆相。」眼淚也收回去了，只是那雙眼睛依然水靈靈的，教人心動不已。

「還不都怪妳。」

「怪我？」她好像不懂，又好像有點懂，於是一半的她走不開，另一半的她卻又想要立刻逃開。

「是，怪妳，」坤成把握住機會表白：「如果人眞有三魂七魄，那我起碼有一半的魂魄早在近半年前就被妳勾了去。」

淑君雖然個性開朗、活潑，思想大方、前進，可是聽人坦承對她的愛意，終究仍是頭一回，不禁有些手足無措，更何況這人還是改變了大姑一生命運的負心漢之子，要說是林家世仇之子也不爲過，自己怎能跟他有任何的瓜葛？

早知道就不單獨來這裡了，其實原本也不是一個人，先前與榮輝叔約好，陪他賞中秋隔天之月。

「我總覺得十六的月亮比較圓，也比較亮，咱們還是相約賞十六的月吧。」

但榮輝叔卻因為天水的母親秀緞有事找他而爽約了，不過淑君還是依照原定計畫前來，因為在聽過上一代的故事之後，對於此地，她便多出了一份特殊的感情在，好像來到這裡，便能與已逝的父母團聚似的，這裡到底是他們定情的所在，也是母親死而復生的地方。

誰知道這人會來，還跟她說了這些不三不四的話！

「你不要說了，這種話我不愛聽。」

「不管妳愛不愛聽，」坤成卻一副豁出去的樣子。「我都要講。」

不，絕對不能讓他再講下去。「那你就對著這條溪水和這座青山講吧，當我根本沒來這裡，當我們從來沒有認識，從來沒有再見過。」

「但我們明明認識，我也明明想盡辦法與妳再見。」

「什麼意思？」

眼見她的難以置信的錯愕，坤成突然露出苦笑。「妳當眞以為這段日子以來我們的碰面，都是『巧遇』？都是『偶然』？」

「難道不是？」

「當然不是，」看著身穿月牙白滾鵝黃邊旗袍的她，坤成決定將積存已久的心事全部說出來。「每一次，都是我的用心良苦。」

「你騙人！」這是淑君立即的回答。

坤成繼續苦笑道：「我何嘗不希望這一切都是我的胡言亂語、胡思亂想，但是認識妳以後，我才知道什麼叫做魂縈夢繫，我才知道什麼叫做一日不見，如隔三秋，我也才相信這世上眞的有所謂的一見鍾情。」

「不……」淑君根本不確定這個「不」字有沒有說出口，只覺得滿心紊亂。

但坤成已經將兩人這幾個月來不下十幾次相遇的地點和時間一一道來，再加上每一次自己巧心安排、耐心守候的過程。

等到他說完，淑君已經徹徹底底呆掉。

「現在妳還能說我是在騙妳嗎？」

「這不是眞的，這絕對不是眞的……」淑君喃喃自語，並在心底跟自己說：「林淑君，不要忘了他是廖春生的兒子，他的父親曾經欺騙過麗華姑母，而且不只一次，是兩度騙情騙財，害得她失智發瘋，害得她被人指指點點，這樣的男人，教人如何信任？」

「你……你不要再說了，不要再說了。」淑君頻頻後退。

「不，我要說，好不容易今晚我倆獨處，我一定要說個夠。」

不成，淑君的心中響起警鐘，知道若再往下聽，難保自己不會被感動，於是她乾脆來個轉身離開，企圖有多遠離多遠。

讓她感到意外的是，坤成並沒有再爲難她，而她甚至說不出心中的失望爲何而來，也不敢深究，只拚命地向前走。

「林淑君，」最後他的聲音還是代人追了上來。「我不會就這樣放棄的，妳聽到沒有？」

這個人，爲什麼一定要這樣苦苦糾纏呢？淑君的脾氣也上來了，猛一轉身便問：「爲什麼一定得是我？爲什麼？普天下女孩那麼多，爲什麼你不去找她們？」

「因爲她們不是妳，」坤成堅定地回答：「因爲她們不是林淑君。」

這個答案彷如雷擊，當下打中淑君的心，留下深深的烙印。

從此，坤成不再費心佯裝巧遇，而是公然出現在她的面前，不過也不令她難做，總是默默地守候，只求能夠見上一面，就算不說話也無妨。

「小姐，那位廖少爺又在對街看妳了。」美雲經常這樣跟她說。

「選妳的繡線，不要東張西望，」每次淑君也都幾乎這麼說：「針線店裡這麼多人，誰曉得他看的是誰，妳不要再看他，免得被人說我們林家的丫鬟貪看男人。」

「小姐！」美雲要抗議了。

而淑君已經說：「走吧，東西全挑好了，我們回去。」硬是阻斷了她所有原本想講的話。

終於在過年前的一個夜裡，秀緞對她說：「淑君，外面那個人是在等妳的嗎？」

一聽此言，淑君的琴聲都亂了。

「看來確實是等妳的。」秀緞微微笑道。

「秀緞姨不要亂猜，我根本不知道那男人是誰？」

秀緞臉上的笑意加深。「妳這個就叫做不打自招。」

淑君抱著三味線，以眼神相詢。

「說妳分明認識他啊，不然怎麼知道是男人，我只說外面那個人，可沒說他是女人或男人，是不是？」

「阿姨欺負我！」淑君嗔道。

「妳這話說得不公道，我疼妳都來不及了，怎麼捨得欺負妳？」秀緞由衷地表示：「天水那孩子要沒有妳和——」

「阿姨，」不想要她重提傷心的往事，淑君立刻打斷她說：「您把話說反了啦，您應該說要不是有天水陪著我長大，我不曉得要多做多少事呢。」

秀緞突然盯住她看，而且一看就是半晌。

「怎麼啦？」淑君被看得不自在起來。「我是衣服沒穿整齊，還是臉上有髒東西？」

「不，」秀緞趕緊搖搖頭說：「我只是……只是……」

「我知道。」淑君善體人意地接道。

「妳知道？」

淑君點了點頭。「阿姨只是又想起我娘了，對不對？」

秀緞驚訝地睜大眼睛低呼：「唉呀，淑君妳怎麼這麼巧啦！好像看得到我的心肝似的。」

淑君不禁笑了起來。「阿姨，您眞的很可愛。」

「可愛？」想都沒想到會獲得這樣的稱讚，秀緞愣住，接下來就打了淑君一下。「三八啦，我都老臉皮了，還說什麼可愛。」但臉上的笑容卻顯示她並不排斥這樣的讚美。

「眞的嘛，阿姨，您眞的很可愛，我實在羨慕天水還有娘可以疼愛他。」

「他跟我可沒有妳說的親。」秀緞難掩落寞地說。

「阿姨，別這樣嘛，」淑君趕緊安慰她：「我想天水只是在跟您撒嬌，因爲您之前都不太願意讓他去看您，所以他現在才會反其道而行，也要讓您嚐嚐他之前見不到您的滋味。」

「他哪有妳說的那麼多心思，我看他根本就是故意的，不然怎麼哪裡都會陪妳去，就是我這裡他不願意來？這個孩子，什麼都像他那個短命的父親，就是這七拐八彎的心思不像。」說著、說著她又笑出來。

淑君沒有點破她前後矛盾的說法，只靜靜欣賞一個爲人母親者對孩子的縱容表情。

要是秀緞姨沒有犯罪被關，依她直爽的個性，自己必然早就知道所有的身世了吧？

因爲才來這裡學三味線兩、三個月，秀緞就把自己的過去全說給了她聽。

當年小明月和江山樓並稱艋舺兩大藝旦間，小明月的規模雖然比較小，但藝旦卻個個都比較出色，於是江山樓的老闆邱阿舍便不惜重金挖角，把小明月當家的大室藝旦映雪給挖了過去。

他挖走映雪秀緞固然生氣，但令她痛心的卻是後來的發展。為了控制旗下的藝旦，邱阿舍居然誘使映雪抽起鴉片，於是好好的一個大室藝旦就這樣不斷地向下沉淪，最後不但被趕出了江山樓，還為了解毒癮而綁架天水，企圖向收留她的秀緞拿錢。

結果映雪在最後關頭及時悔悟，沒有鑄成害死天水的大錯，可是自己已經油盡燈枯，徒然斷送了寶貴的生命。

秀緞不甘心見好姊妹白白犧牲，找上邱阿舍理論，但他根本不肯認錯，還唆使手下殺死了陪同秀緞前來的阿國。

阿國是秀緞此生最愛的男人，兩人雖無夫妻之名，卻有天水這個秀緞偷偷生養下來的孩子，也就等於是一家人了，秀緞怎會坐視阿國被殺而沒有反應？

於是她義無反顧地手刃邱阿舍，為阿國報仇，並在自首前將天水託付給世華、玉葉與榮輝，請求他們代替阿國和她這對失職的父母照顧天水，扶養他長大。

「當初把天水託給妳娘他們時，我想都想不到最後她還是被金鳳逼離開了艋舺，就連榮輝也因傷心過度而回唐山去了一陣子。」

「您都知道了？」

「全是榮輝在探監時告訴我的。」

「別說這些了，」淑君刻意轉換氣氛。「我再重頭彈一遍，好不好？」

「好。」秀緞並且跟著吟唱著。

「阿姨的聲音眞好聽。」淑君由衷地說。

「不，是妳實在有天份，這要是早個二十年，妳絕對是——」發覺念頭不宜，秀緞猛然住口。

但淑君仍猜到了她的心意。「我絕對有成爲大室藝旦的資質。」

「妳怎麼知道我要說什麼？」秀緞再度驚呼。

淑君笑了。「您說過的嘛，我會讀心啊！」也不曉得爲什麼，淑君就是覺得自己跟秀緞投緣，和她在一起，甚至比在家中自在。

或許是因爲家中幾位長輩，金鳳嚴厲、麗華陰鬱、秋月警戒，都不如秀緞身上散發著一股歷經滄桑、看透世情後的豁達吧。

「我想是這麼想啦，但那根本就是我的胡思亂想，胡說八道，妳可不要放在心上。」

「怎麼會呢？大室藝日可不是人人當得的。」淑君一邊收琴一邊說。

「或許妳眞的有天份，不然這三味線怎能在短短的時間內學會？」

「我從小看我娘彈，琴譜早牢牢刻在心版上，不用學都會。」

「如果她還在，一定不贊成妳來跟我學這個吧。」秀緞感嘆。「所有的母親，都不希望她們的孩子重蹈覆轍，如同妳外婆……」

「我外婆怎麼樣？」淑君好奇。

有關於那個「細姨宿命」的傳說，是否應該告訴她呢？秀緞躊躇了。

「沒什麼，」還是別說吧，淑君的命運一定不同。「我只是突然想起妳那苦命的外婆，能夠死在妳母親離開艋舺前，也算是老天對她少有的眷顧。」

「傷心而死還算是眷顧？」上一代想法的奇特，常常是淑君所無法理解的。

「不然呢？」秀緞反問她說：「像榮輝那樣比較好嗎？還是妳爹？要讓妳外婆再繼續掛念妳們母女，像她掛念妳瓊美阿姨二十年一樣，妳想她活得下去？」

提到瓊美，淑君也不禁黯然。

都怪那個松田正川，怪他心狠手辣，居然在迎娶瓊美的前夕，差人送了一套大禮服給榮輝，並且叮囑他婚禮當天一定要到場觀禮。

榮輝哪裡做得到？瓊美本來應該是他的新娘，他們從小青梅竹馬，早就認定了彼此，豈料土匪做亂，半途又殺出個個性大變的正川，硬是橫刀奪愛，搶了好友的未婚妻。教他如何眼睜睜看著自己的最愛嫁給昔日的知己？於是婚禮上他缺席了。

等到阿國趕過來把他拖過去時，瓊美已經服毒自盡。

「瓊美，」榮輝不敢相信自己的眼睛，懷抱氣已如游絲的瓊美，他只能不停地叫道：「瓊美，瓊美！」

「你終於來了，」她的笑容美得淒艷，教人心驚。「榮輝，你終於來了。」

「是的，我來了，我來搶婚，」他說：「我們回唐山去，瓊美，我們一起回去，回家去。」

「家，」雙眼迸出光彩，彷彿又回到無憂無慮的時光。「對，回家去，這樣正川再也傷害不了你。榮輝，你要相信我，我從來沒有反叛過你，我愛的一直都是你，這輩子不能與你結合，我已生無可戀，只能寄望下輩子，所有的山盟海誓，都只能下輩子再償還你了。」

「不，」榮輝大叫：「不，不准離開我，瓊美，不准妳再離開我，說好了我們要相依相隨，永不分離，妳怎麼可以食言？瓊美！」

但瓊美已經什麼都聽不到了，身在榮輝的懷抱中，她已心滿意足，就此離開了這紛紛擾擾的人世。

「瓊美！」榮輝肝腸寸斷，正川卻沒有放過他，馬上揪住領子拉起他，揮拳就打。

「你爲什麼不來？我不是讓阿國告訴你，叫你今天一定要盛裝到場嗎？因爲我要把瓊美還給你，我要讓你們兩個在今天成親啊！」看到心愛的女人爲了逃避嫁給他的命運，不惜服毒自殺，正川痛心至極，只能藉著毆打榮輝來宣洩心中的悲慟。「爲什麼你不來？爲什麼？爲什麼？」

瓊美已死，正川的問題再也得不到任何答案，就如同淑君現在問秀緞的：「秀緞姨，您當時在場，您認爲那個陳正川是眞的要把瓊美姨還給榮輝叔嗎？」

而秀緞也只能說「我不知道」，同樣都是無解的問題。

「妳該回去了，快過年了，家裡一定很忙吧。」秀緞說：「過年嘛，人人都要穿新衣，戴新帽，布莊的生意一定好。」

淑君本想說「不一定」，可是家醜如何外揚？就算親近如秀緞，有些事還是不能說的啊。「是，是比較忙。」最後她只漫應了一句。

抱著三味線踏出秀緞家，才發現外頭下著綿綿的冬雨，雖然不大，卻夾帶刺骨的寒意，又濕又冷。

怎麼辦呢？剛剛來的時候天氣還好，她沒帶傘啊！

淑君還在尋思著，一把油紙傘已經了過來。「走吧，我送妳回家。」是廖坤成！

「不。」淑君一口拒絕，企圖走出傘外。

但他亦步亦趨，就是不肯讓她走進雨中。「你到底想怎麼樣？」氣不過，淑君只好停下腳步來問。

「我只想要送妳回家。」

「那把傘給我。」淑君說。

「不成，」坤成馬上回答：「我只有這把傘，給了妳，我豈不是得淋雨？」

「所以說你小器。」淑君嘟噥。

坤成笑出聲來。

「你笑什麼？」

「瞧妳兇的，」坤成逗她。「別忘了妳還在我的傘下。」

「有什麼了不起，」淑君說：「大不了淋雨就是。」說著就又想跑出傘外。

但坤成卻用一句話拉住了她。「妳可以淋雨，但三味線呢？聽說是妳娘的遺物，妳捨得讓它淋到雨，萬一淋壞了怎麼辦？」

這倒是，淑君為難了。

「還是讓我送妳回去吧。」

夜裡街上的人原本就不像白天那麼多，加上又下著雨，淑君頓有兩人在傘下相依的感覺。

「妳身子不舒服？」坤成問道。

這人無端端地咒她做啥？淑君隨即反擊說：「你才有毛病哩。」

「我是看妳臉紅，妳別狗咬呂洞賓，不識好人心。」

「好哇！」淑君聽懂了，「你罵人。」

「妳可別自己承認，」坤成實在喜歡她的慧黠，跟她單獨相處的時間雖然不多，可是每一次都能讓他事前期待不已，過後又回味無窮。「承認自己是——」

淑君轉身攔住他。「別說，你敢說出來試看看，要是你眞的出言不遜，那我以後就都不——」指尖碰到他的左臂，淑君赫然發現：「你左半身都濕了！」全是因爲要護住她，不讓她淋到一丁點兒雨的關係。

她的嬌顏麗容就在眼前，紅艷艷的雙唇尤其誘人，加上吐氣如蘭，坤成終於按捺不住，左手臂微一使力，就把她拉進一旁隱蔽的巷內，然後擁入懷中，再俯身吻住了她輕顫的紅唇。

第八章

當雙唇承受著他輾轉親吻的最初，淑君的腦中一片空白，接著便是火紅的憤怒，一路燒過全身，終於使她恢復意識，開始掙扎。

但坤成卻不肯放，就是她，就是她了，自己尋尋覓覓了多年的佳人，就是她，就是眼前的淑君，無論如何，他都不要放開她。

於是他引導著，極盡溫柔之能事地親吻她，彷彿親吻的是一朵脆弱的花，而他呢，已經成爲沉溺的蜂兒，再也離不開花朵的甜蜜。

慢慢的，淑君不再掙扎了，難道……這就是所謂的愛情，是騷人墨客筆下那歌頌千年也不厭倦的情愛？

如果是的話，那他們的生花妙筆其實都沒描盡其神妙於萬一。

是的，在坤成的憐愛當中，她成了一朵花，一朵正慢慢甦醒、漸漸綻放的花朵，外面是愈下愈大的雨，但在傘下，在坤成的懷抱中，卻是愈來愈熾熱的天地。

終於，他因為感覺到她的微喘而放開了她，卻依然摟緊她，把淑君緊緊地擁在胸前。

「淑君，我——」

「噓，」不管他要說什麼，都被她給暫時制止。「不要說話，我不要聽你道歉，不要你覺得這是個錯誤。」

坤成的笑聲透過胸膛，鼓動著淑君的面頰。「這是我朝思暮想的事，是好不容易才成真的美夢，怎麼會是個錯誤，我更不可能跟妳道歉。」

「你……好霸道。」

「不，是好害怕。」

「害怕？」淑君不解地抬起頭來，原以為自己會不好意思跟他打照面，但他清澈爽然的眼神卻安撫了她忐忑的心。「怕什麼？」

「怕妳大小姐會賞我一巴掌。」

「我才沒那麼兇。」淑君否認。

「但我更怕再不採取行動，我就要失去妳了，或者應該說，我就要失去追求妳的機會和時間了。」

「什麼意思？」

「我即將負笈東瀛求學。」坤成說。

「你要到日本去？」才表露愛意就要分離，淑君已然心生離愁。

「嗯，去唸書。」坤成回答。

淑君的臉色驟然蒼白。「你要去多久？會不會就此定居日本？所以才想要盡快——」

知道她可能想到哪裡去了，坤成立刻制止道：「快別胡思亂想，我學成必然回來，而妳的首肯，將是支撐我度過異鄉寂寞時最大的力量，事實上，我這幾日甚至已經下定決心，若得不到一個肯定的答覆，我就不上船。」

知道自己在他心中占有如此重的份量，淑君當然欣喜不已，不過口頭上仍要賣乖道：「誰給你答覆了？我可什麼都沒說。」

「妳不說沒關係，」坤成的指尖輕輕描過她美麗的唇低喃：「有『她們』答應就成了。」

「你！」想起剛剛的大膽，淑君頓感羞不可抑，加上有點發急，眼眶便不自禁地紅起來。

「淑君，」她的心思，坤成怎會不明白，馬上安撫道：「別哭啊！人說『金風玉露一相逢，便勝卻人間無數』。妳在我心中永遠是最高貴聖潔的，能得到妳的青睞，我廖坤成這一生已經死而無憾。」

他的善體人意讓淑君感動，但他的能言善道也同時令她有些微的擔憂。「這話是在捧誰呢？不同時讚美了自己。」

「我要是一般的凡夫俗子，妳看得上我？」

「沒有聽人家說平凡就是最大的幸福嗎？」淑君回嘴。「凡夫俗子有什麼不好？我也不過是個普通的女子。」

「不，妳絕不普通，」坤成肯定的說：「妳秀外慧中，聰明可人，既堅強又溫柔，而且素有主見，不會盲目依從別人的想法，在在吸引著我。」

「娘常說我意見太多，根本不像個大家閨秀。」

「但我喜歡妳這樣，我喜歡一個可以跟我談心的伴侶。」

伴侶？淑君的臉又紅了。

「妳願意等我嗎?淑君。」坤成更進一步地說:「要是妳不能等,那我明天就請媒人上妳家去提親!」

淑君聞言驚呼:「你瘋了!」

「是,」想不到坤成坦言不諱。「我是瘋了,想妳想得瘋了,愛妳愛到瘋了,恨不得從現在開始,一分一秒都不必與妳分離。」

「我今年十八都還沒到呢!」淑君嬌嗲,卻不否認被人如此追求的感覺真好。

「那又怎樣?我娘十六歲就嫁給我爹了。」

他一提到他爹,淑君馬上想要掙脫他的懷抱,老天爺,難道她忘了麗華姑母之前和他父親之間的牽扯不清了嗎?還是忘了他們廖家現在掌管的,正是陳正川在台的事業?而陳正川是逼死瓊美姨的直接殺手,也是害得榮輝叔曾痛不欲生的主謀!

「不,我們……」淑君企圖找出最適當的字眼來,但在這世上,如何有魚與熊掌兼得的好事?

「往者已矣,難道妳要做現代的祝英台?」坤成卻說:「我可不想做梁山伯,更不准妳演『孔雀東南飛』的戲碼。」

淑君詫異。「你都知道？」

「妳姑母清明那天的反應太突兀，我當然會問我爹。」

「那他怎麼說？」

「說都是他的錯，說他不該光顧自己，害慘了妳的姑母。」

淑君反射性地說：「總算他還有點良心。」

他們說的畢竟是他的父親，坤成立刻抗議道：「淑君！」

「我不過是說出了心底的想法。」

「妳知道我母親因爲生我而難產過世嗎？」

她當然知道，就因爲廖春生用向麗華騙來的錢在台南府城做生意失敗，他們才又會回到艋舺來，結果他的妻子芬芳難產過世，辦理她的後事花掉了春生僅餘的一點錢，拖著剛出生的嬰兒，身無分文的他，要不是正好碰見了在路上不慎受傷的正川，並且幫了他的忙，別說是後來得到正川吩咐碼頭總管派給他的搬運工作了，恐怕那天就會活活餓死。

但這些必然是坤成的傷心事，所以淑君不想細表，只簡單地點了點頭。

「雖然這樣說對我母親有點不公平，但之前種種的惡行，老天爺已經以收回愛妻的方式懲罰了家父，難道妳覺得還不夠？還要以拒絕我來連坐？」

「廖坤成，上下兩代的恩怨如何混爲一談？你耍賴！」

瞧她連氣呼呼的樣子都可愛，坤成不禁笑道：「我就是喜歡對妳耍賴，只有在所愛的人面前，一個人才能放肆地耍賴，妳不知道嗎？」

她知道，而且他們是彼此彼此，也只有在坤成的面前，淑君才覺得自己是完全自由的，難道這就是所謂「愛情」的魔力？

不過愛情有多甜美，相思就有多磨人，尤其是坤成遠赴日本求學，兩人等於是甫一相戀，就開始飽受相思之苦，只能藉由魚雁往返來互訴情衷。

而現在坤成這封信正告訴她一個天大的喜訊。

「小姐！」美雲進來，正撞見她淚眼盈盈。「妳怎麼了？」

「嗄？」她還有些回不過神來。

「妳在哭啊，發生什麼事了？難道是廖少爺他——」美雲說。

「沒，什麼事也沒。」淑君總算把美雲的話給聽進去了，趕緊收起眼淚。「妳怎麼進來了，」神色爲之一變。「有人來了嗎？」

「不是，」美雲說：「我是看妳一封信看老半天，才進來瞧瞧，這幾天家裡亂糟糟的，弄得我也心神不寧起來。」

「對了，我大哥回來沒有？」淑君想起了這件事，他被金鳳差去收帳，似乎五天前就該回來了。

「沒有，不過我聽總管說，帳好像收到了。」

「然後呢？」不對啊，人家帳付了，嘉聲怎麼還沒回來？這幾年他們林記布莊的景況每下愈況，生意愈來愈差，淑君一直想要盡份心力，無奈金鳳大權在握，根本不讓她插手。

「我也不知道，聽人家說，少爺好像已經回到艋舺了。」

不必她再說下去，淑君也猜得到八、九成，嘉聲要不是把錢拿去賭，便是拿去嫖了。

「我們到前頭去看看。」淑君帶頭往外走。

「小姐。」美雲卻退縮了。

「怎麼？」她回頭問道。

述。

「我可以留下來嗎？」

淑君不忍。「妳眞的很怕我大哥。」這不是問題，而是陳述，淑君肯定是事實的陳述。

「沒什麼。」美雲移開了視線，但淑君依然捕捉到她眼底的屈辱。

於是她收回了向外的腳步，再度折返屋裡。

「小姐？」

「不去了，我們就留在這裡。」嘉聲在外頭要如何胡作非為她不管，但美雲就像自己的妹妹，絕不能讓她受半點委屈，尤其是某一方面的委屈。

一聽可以不用面對嘉聲，美雲比什麼都快樂，便轉變話題問淑君：「這次廖少爺說什麼？日本又有什麼新玩意兒？」

提到坤成，淑君滿面春風。「這次不談日本，」想要慢慢講，卻完全壓抑不住滿心的喜悅。「他回來了！」

美雲一時之間還回不過神來。「什麼人回來了？」

「坤成。」

「廖少爺回來了？」見淑君拚命點頭，美雲也開心道：「他要回來做醫生，要回來娶妳過去做先生娘了，是不是？」

「沒有啦，」淑君頓時嬌羞不已地說：「妳不要亂猜。」

「是沒有要回來，還是沒有要娶妳，」只要不提嘉聲，美雲就比誰都還要活潑。「小姐，這兩者可有天大的差別喔。」

「美雲！」

「眞的嘛，」美雲由衷的說：「其實妳早該成親了，要不是夫人的阻撓，妳怎麼會二十一歲了還待在家裡。」

「待在家裡有什麼不好？」淑君逗她：「正好可以陪妳，不然我嫁掉了，妳怎麼辦？」

「我才不怕，我是妳的貼身丫鬟，妳嫁了，我自然跟著妳嫁過去。」

「什麼？妳也要跟著我嫁？妳捨得離開天水？」自與坤成相戀以來，淑君對男女之事就開了竅，輕易便看穿了美雲的心事。

「小姐！」這回換她害羞了。

「小姐。」說人人到，外頭傳來的正是天水的聲音。

「天水。」淑君立刻過去開門問他：「有什麼事？」

「天水，」還是美雲細心，注意到天水的迴避。「你怎麼了？爲什麼側對著我們講話？」

「是啊，天水，你——」淑君將他拉過來，看清楚以後，不禁到吸一口涼氣。「天水，你的臉，你的眼睛，你……」發現連被她輕輕一拉，他都齜牙咧嘴。「身上是不是也受了傷？爲什麼會這樣？」

「沒什麼，我只是來跟妳說一聲，說我回來了。」

天水是跟嘉聲一起外出去收帳，現在他一身是傷，豈不意味著嘉聲也——「天水，」淑君趕緊問道：「我大哥呢？」

「他……」只要一緊張，平常寡言的天水話就更少。

「他沒有跟你一起回來？他到哪裡去了？你們究竟發生了什麼事？是半途遇到土匪了嗎？」

天生卻一逕地搖頭。

「不然是什麼？」淑君都快被他急死了，然後她想到了一件事。「你從哪裡進來的？」

「後門。」

果然如她所料。「除了我們，還沒有人知道你回來？」這次他索性用點頭代替回答。

「我大哥到底在哪裡？」

「在永泰布莊。」

「什麼？」淑君幾乎不敢相信自己的耳朵，永泰布莊是他們林記的死對頭，也就是麗華姑母離婚的前夫所開的布莊，更是不惜賠錢賣布，以惡性競爭打擊他們的元兇啊。「他們竟公然監禁我大哥，這個世界還有沒有王法？」

「不，」天水立刻說：「不是這樣的，是少爺他自己心甘情願留在那裡。」

「不！」這是淑君第一個反應。「不可能的事，我不相信。」

「是眞的。」天水痛心疾首地說：「都怪我不好，我勸不回少爺，又打不過他，沒有辦法把他帶回來。」

「你身上的傷是少爺的傑作？」美雲好生氣。

「走。」淑君說。

「小姐，」美雲大駭。「妳要到哪裡去？」

「如果被我娘知道，大哥一定會被她打死，趁現在還沒有人知道，我要去把大哥帶回來。」淑君說得斬釘截鐵，美雲和天水卻聽得無法相信。

「妳說妳要做什麼？」天水難得嚴厲地拉住她問。

「我說我要去把我大哥帶回來。」而且說到做到，淑君馬上往外頭走了出去。

「原來妳就是林世華和那個細姨生的女娃兒。」王永泰喝一口茶，氣沉神定地說。

雖然對這個以前的姑丈，她始終只聞其名、其姓，而未曾眞正見過其人，但淑君並不畏怯。「我姓林，名叫淑君。」言下之意，就是有名有姓，容不得他輕蔑。

「嗯，」他沉吟一聲，依然掛著「笑裡藏刀」的制式表情。「果然有膽識，不愧是搶人丈夫的女人之後。」

「王老闆，我尊重您是長輩，請您也不要失了身分。」

「嘿，」他笑道：「教訓起我來了呢，不簡單，不簡單，可惜啊。」

「可惜什麼？」她不喜歡這個男人，打從一見面開始，就不喜歡，他給她的感覺像是一條蛇，心懷叵測的蛇。

「可惜妳不是個男孩，不然——」

「不然就由不得您張狂了。」淑君不客氣地說。

王永泰聞言卻哈哈大笑。「好，說得好，聽說妳大娘不怎麼疼妳，幾乎把妳當成丫鬟使用。」

「你聽錯了。」

「是嗎？或者只是妳在逞強呢？」

這個男人不愧是艋舺富甲一方的大商人，聽說他原本只是金鳳娘家的一名長工，四十多年後，搖身一變而爲士紳、而爲富賈，若無幾分實力，哪來如此成就？假如能夠撇開他跟自己家中的那些恩恩怨怨，淑君倒不是不佩服他的。

但她又如何能夠這樣做？畢竟他在短短的婚姻當中，極其折磨之能事地對待麗華姑母是事實，這些年來打擊林記布莊不遺餘力是事實，現在關起嘉聲來不肯放人，更是鐵證如山的事實！這樣的一個人，要她如何能夠客觀地佩服？

「那是我們的家務事，不敢勞您關心。」

「哦？那妳今天前來，又是爲了什麼事？」

「爲了我大哥。」

「妳大哥？」

淑君已經漸感不耐。「我知道王老闆您日理萬機，一定有很多事要忙，所以也不敢打擾您太多的時間，請把人還給我，我們馬上離開，絕不多停留一分鐘。」

「林小姐眞是愛說笑，什麼叫做把人還給妳？這樣傳出去，我王永泰還要不要在艋舺這裡立足？倒好像是我故意監禁著令兄，不讓他回去似的。」

淑君也笑一笑，維持著她平靜的口氣說：「這可是您說的，我什麼也沒說。」

「妳！」聽到美雲只強忍掉一半的笑聲，永泰幾乎就要冒火。

「若有說錯的地方，還請王老闆您海涵。」

他又笑了，只是笑容中的冷厲漸漸加深。「我怎麼會跟妳一個小娃兒計較，就像我怎麼會刁難嘉聲一樣，算起來，我們可都是親戚，不是嗎？」

「曾是親戚。」淑君糾正他。

「有沒有告訴過妳，女孩子家太過伶牙俐齒的話，是很難找到婆家的。」

「謝謝您的關心，那我們是不是可以把我大哥帶回去了？家母還等著他回去用餐呢。」

淑君不知道自己有沒有看錯，爲什麼每次提到金鳳，王永泰的眼角便會不自禁地抽動呢？

「這個問題妳似乎問錯人了，因爲我既沒有關他，也沒有留他，甚至三番兩次勸他回去，可惜勸不動。」

「您騙人！」淑君衝口而出，就像方才在家中也不相信天水的說法一樣。

「欸，小姑娘，」看她著急，永泰心中掠過一陣快感，就像從前折磨麗華那樣，每次看她在自己腳底下哀哀求饒，他便有種替金鳳討回公道的錯覺，誰叫林家要欺負金鳳，任何讓金鳳難過的人，他都不想讓他們好過。「話可不能亂說。」

「要是您沒有關他，沒有留他，我大哥怎麼會收了帳後卻不回家？」

「那我怎麼知道，」永泰將兩手一攤，故做無奈地說：「他在我這裡白吃白住的，坦白講，我也很傷腦筋，如果妳今天能夠把他帶回去，那我還眞是感激不盡。」

淑君一躍而起，不想再多囉唆。「他在什麼地方？」

永泰拍了拍手，馬上有個男僕上前來。「帶林家大小姐去找她哥哥，小心別讓他動手，免得又像那個藝旦的小雜種全身掛彩，不知道的人還以爲是我們打的呢。」

「是。」那個人做了個「請」的手勢，要淑君跟他走。

「等一下，」淑君與永泰正面相對。「請收回您剛才的侮辱。」

「剛才的侮辱？我不記得自己有說了什麼不該說的話。」

「天水姓黃，有父有母，不是雜種。」

永泰聽了，先是仰頭大笑三聲，再收起笑容來，橫著一張臉說：「林淑君，妳不要得寸進尺，信不信我連妳都敢罵？不但妳，還有妳娘，妳那個也曾幹過藝旦的娘，誰知道——」

「住口！」淑君大怒。

但美雲和天水已經上前來勸。「小姐，我們還是趕快去找少爺，找到之後就離開這裡要緊，不用跟他說這麼多有的沒有的啦。」

「嗯，」永泰讚賞道：「小丫頭說得不錯，妳該不會就是林嘉聲每次喝得爛醉時，口口聲聲叫著的那個『美雲』吧？」

聽他這麼說，再加上美雲神色恐懼，淑君總算恢復了理智；眞是的，她在這裡蘑菇什麼？還是快快離開是非地爲妙。

於是她不再多發一語，馬上轉身，想要跟那名家丁走。

「等一下。」王永泰突然又出聲。

「怎麼？王老闆還有什麼吩咐，或者您後悔了，又不願意把大哥還給我們？」

「不，我只想請妳這兩個奴才留步，妳自己去帶就好。」

「不行，」天水第一個反對。「小姐，妳不知道少爺他現在——」

「不照我的意思做，那就請回，我不勉強。」王永泰輕輕鬆鬆地打斷天水說。

「好，我一個人去。」她就不相信大白天裡，王永泰能夠玩什麼花樣。

「小姐——」天水急得一張臉都漲紅了。

「放心，你們兩個到前頭去等著，我馬上帶大哥出來。」

隨著那名身材魁梧的家丁愈往後頭走，淑君愈驚訝，這裡……眞是王宅？從外頭看，根本感覺不到裡頭別有洞天，除了有小橋流水的庭園設計外，最驚人的，還是那間位於林幽深處的樓台。

走近一看，更是驚嘆有加，這是上好的檜木，上好的桐漆啊，而且窗櫺精緻，雕滿了花草鳥獸，可見主人的用心。「我大哥住在這樓裡？」

家丁冷笑道：「老爺只准他使用樓下的傭人房。」推開了門，他示意淑君進去。

淑君才踏進去一步，整個人就怔住了，只見挑高的大廳樑柱上懸掛著一塊木匾，上書龍飛鳳舞的四字：

「金鳳小築」

「小姐，」美雲跟在揹著神智不清的嘉聲的天水後頭，追著抿嘴低頭疾行的淑君問：「剛剛妳在哪裡找到了少爺？不會是他們的豬寮還是雞舍吧，不然那個王永泰怎麼不准我們跟著去？是怕地方太髒了，我們回去會跟夫人告狀嗎？」

「不是，大哥身上整整齊齊，一點臭味都沒有，妳怎麼會想到那個地方去。」

「可是——」

那間金鳳小築給淑君的震撼太大，甚至大到差點掩過乍見嘉聲雙眼渙散、一臉傻笑時的驚詫，大到她直到現在還有些恍惚，於是淑君難得不耐的打斷美雲說：「讓我靜一靜，好嗎？」

「好嘛！」美雲可不怎麼心甘情願。

淑君也發現到了，想到今天讓她和天水跟著自己冒險，淑君又感到不安，正想道歉，突然聽到前方傳來驚呼聲。

「救命啊！放開我，放開我！」一半日語，一半中文。「救命啊！」光天化日之下，竟有兩個大男人對著個女孩拉拉扯扯。

「小姐！」美雲不禁害怕得靠到淑君身邊來。

救人如救火，片刻都耽擱不得，淑君當機立斷說：「天水，先把我大哥放下來，我們過去看看。」

「小姐！」阻止他們，以求自保的話已經來不及出口，又驚又慌的美雲也只能趕快跟上去。

「你們想要幹什麼？」淑君大聲質問。

天啊！眞不知小姐這奮不顧身的習慣，何時才能改掉？

第九章

「淑君，妳今天好像很開心。」雖然有些腔調，但美智子總是儘量用漢語和林家人交談。「有什麼喜事嗎？」

救美智子回來八天了，時間雖然不長，但兩人年齡相近，氣味又相投，感情已經好得不得了。「有。」

「能不能告訴我？」

「不能。」

「嗄？」從來沒有被拒絕過，美智子不知所措了。

淑君卻被她的憨態逗笑開來。「美智子，妳真可愛。」

好好的一句讚美語，美智子卻垮下了臉。

「怎麼了？稱讚妳還不好？」

「我已經十九歲，不想要可愛，」她說：「我想要漂亮，很漂亮。」

原來如此。「妳很漂亮啊。」淑君由衷地說。

「眞的？」她先是喜出望外，但很快地又一臉沮喪。「沒有用啦。」

「沒有用？」

「是啊，」她說：「妳是我的好朋友，妳當然會說好話，而且妳是女人，被女人稱讚管什麼用？」

「美智子，」淑君聽了啼笑皆非，拉起她的手說：「妳看看妳這雙手，雪白、細緻、修長，就像春天的新蔥似的，漂亮得不得了，連手都漂亮，妳還嫌自己不夠美嗎？」

「可是他不知道。」

啊！他，淑君知道這才是重點：他不知道。

美智子口中的「他」，應該是她的意中人，也就是她不惜飄洋過海，前來台灣找的人。

八天前爲她解圍時，得知她才下船就被騙，不但行李不見了，還迷了路，最後又碰上兩名小混混，要不是淑君他們正好經過，後果眞是不堪想像。

不過這些都是這兩天他們才知道的，因爲剛把她救回家時，美智子因爲驚嚇過度，還發了幾天的高燒，差點急壞了淑君。

根據美智子的說法，她一個人孤身前來台灣，是爲了一個人，一個對她很重要的人。至於那個人是誰、姓什名啥、家住何方、在做什麼，她就不肯說了。

「美智子，」淑君也曾企圖以迂迴的方式套問她：「妳不說的話，我們要怎麼幫妳找這個人？」

「不用找。」美智子說。

「什麼？」淑君還以爲自己聽錯了。

「我說妳們不用幫我找，我自己會去找。」

「妳自己？」

「妳不相信我？」

「不是，」該怎麼說呢？從她的服飾和談吐看來，淑君可以確定美智子的家世不俗，但相對的，她閱歷必然不深，這樣的女孩，加上離鄉背井，要怎麼找人？「而是——」

「妳不用擔心我，我自然有辦法，也還有時間回報妳。」

「回報我？」這話淑君更聽不懂了。

「對，」美智子拿出一本本子來。「妳看。」

「好美啊！」是淑君翻閱後由衷的讚歎。

「眞的嗎？」美智子有些不敢相信地說：「眞的好看？」

眞的好看，那是鏤刻的花樣，一看就知道可以應用在染印上。

「美智子，妳從哪裡學來這樣的技術？」

「沒有啦，」得到稱讚，這個十九歲的女孩又不好意思了。「只是隨便塗塗，照我平日在京都看到的花樣描。」

「原來現在日本流行這樣的花樣。」淑君喃喃而語，要是能夠運用在他們家賣的布上，不曉得會有多精采。

「是啊，和服的歷史近千年，花樣多得很呢，如果幫得上忙，我還可以再畫。」

「謝謝妳，美智子。」淑君感動地說。

「比起妳爲我做的，這沒什麼啦。」美智子說：「對了，妳不是要出去嗎？這些，」她收回了本子。「可以等妳回來，再拿給妳母親看看。」提到金鳳時，美智子露出了明顯的羨慕之情。

淑君知道那是因爲美智子自小喪母的關係，所以看到她既有母親，又有姑母，才會豔羨不已，其實，她又哪裡知道自己複雜的身世和衆人糾結的心情呢？

「我娘和大姑都喜歡妳呢。」

「眞的，」聽到淑君這麼說，她又開心了。「我也喜歡她們，尤其是麗華姑姑，」美智子跟著淑君叫說：「她的日語說得那麼好，起先我還以爲她在日本住過。」

如何跟她說那是大姑排遣寂寞所學的衆多「才藝」之一？還是什麼都別說吧。

「那我先出去了。」淑君吩咐：「待會兒要是美雲來找我，妳就跟她說——」

「我知道，」美智子露出原該屬於她這個年齡的調皮說：「只要妳答應我一個條件，我一定會聯合美雲幫妳。」

「什麼條件？」

「就是回來之後，把妳的秘密與我分享啊！」

「好哇！」淑君有些羞澀地說：「原來妳打的是這樣的主意，那妳的心情呢？」

美智子想了想，終於下了個重大決定。「好，只要妳肯跟我說，那我也就什麼都不瞞妳，包括我的姓。」

「一言爲定？」淑君還伸出小指頭來。

「一言爲定。」美智子則不但與她小指相勾，還唱「不守約就要吞千根針」的日本兒歌。

相視而笑的她們，根本沒有想到命運已經悄悄出手，一切的發展根本由不得她們決定。

啊！他在那裡。

望著那修長的背影，淑君的眼眶無來由的熱起來，或者應該說長久以來的相思終於得償，心情自然波動，視線也跟著模糊起來。

「淑君！」儘管她沒有出聲，但坤成仍然感覺到了，於是一個轉身，便喊出了這個朝思暮想的名字。「淑君！」然後敞開了雙臂。

她還是沒有說話，只覺得喉頭滿滿的，身體輕輕的，腦袋飄飄的，光會傻傻地盯住他看。

「淑君，」他笑了，依舊是記憶中那口整齊的白牙，而雙眼也漸漸濕潤起來。「過來！」

雙腳彷彿自有生命般地朝他奔了過去，投入了他的懷中。

「啊！」他嘆道：「我的心終於歸位了。」

這句話眞是比什麼甜言蜜語都好聽。「坤成。」淑君喚道。

「再叫我一聲。」雙臂鎖緊她，坤成要求。

「坤成，」這些日子以來，魂縈夢繫俱是這個名字。「坤成。」

「再叫一聲。」

「坤成。」

「再叫一聲。」

「坤成、坤成、坤成、坤成、坤成，」她忍不住笑了。「夠了沒？」

「不夠。」

「那要叫多少聲才夠？」伏在他寬闊的胸膛上，淑君笑著問。

「叫一輩子還差不多。」

她愣住了，半天沒有出聲。

「淑君？」坤成有些忐忑地問道：「妳生氣了？」

她抬起頭來搖了搖。

「那爲什麼不說話？不答應我？」

「答應什麼？」淑君反問。

坤成俊逸的臉龐神色堅定地說：「嫁給我。」

完全沒有想到聽到的會是這三個字，但……淑君捫心自問：難道我也從來沒有想過，沒有期待過？

「淑君？」

她舉起手來，揉了揉他鎖緊的眉心。

「學醫很累。」

「什麼？」眉心才被揉開又攏上，因爲不曉得她爲什麼會突然有此一問。

「我說你啊，學醫一定很累，所以你憔悴了許多。」淑君滿心的憐惜全表現在臉上了。

可是坤成現在要的卻不是這個答案。「嫁給我。」

淑君懷疑了。「爲什麼？」

「因爲我愛妳。」坤成誠摯的說：「因爲在分別的日子裡，我滿心都是妳；在天寒地凍時，在午夜清晨時，在悲傷快樂時，在分分秒秒裡，我想的都是妳，淑君，嫁給我，好不好？」

有誰抗拒得了這樣的表白？淑君幾乎是反射性地應道：「好，好，我嫁給你，我嫁給你。」

「什麼時候？」

「嗄？」完全沒有想到接下來他就會追問時間，淑君笑了。「哪有這麼急的，你總要讓我一步步慢慢來吧。」

「沒有時間了。」坤成煩躁地說。

「什麼意思？」這下她不問清楚都不行了。

但坤成卻沒有回答她的問題，反而抱住她，緊到淑君幾乎無法呼吸，這還不算，就在她想喊痛時，他的雙唇突然又覆蓋下來，纏綿而近乎粗暴地吻住了她。

這樣的坤成是她從沒見過的，可是已經沒有辦法推開他，因爲連淑君也捲入了熱情的漩渦當中。

坤成狂吻著她，挑開她的唇瓣，尋著了舌尖，輾轉吸吮，就像蜂兒採蜜一樣，如飢如渴，而且永遠也得不到滿足似的。

他愛她，淑君確定他深愛著自己，既然如此，久別之後他會如此不是很自然嗎？至於她對他的愛，那更是無庸置疑的，所以克服了最初的羞澀和驚疑之後，淑君便給予幾乎同等的熱情回應。

對坤成來說，她的回吻無異於最佳的鼓勵，於是他更加大膽，除了吻過她的粉頰、下巴，再蜿蜒到耳垂輕囓之外，一手箍緊她的纖腰，另一手則滑到胸前來摩挲。

熱！是淑君第一個感受，然後是害怕，卻也無法否認有更大的愉悅和期待。

期待什麼？期待他更進一步？

「坤成……」原本想要阻止他的話，出口後卻全數化爲誘人的呻吟，叫坤成更加難以自持。

「淑君，淑君，」他回應著：「妳可知道我有多愛妳，多想這樣抱妳、吻妳、愛妳，噢，淑君。」

就算她原有強烈的反對念頭，現在也全融化在他似火的激情當中了。完全無意識的，淑君甚至不知道何時與他一起滾落在溪邊的草地上，更不知道盤鈕何時被解開，當她發現自己的身體忽冷忽熱時，他已經隔著抹胸愛撫起她豐挺的胸，而他的唇早落在她細緻的頸間。

心底有個小小的聲音跟她說：這是不對的，淑君，趕快制止他，這是不對的。但如果這是不對的，爲什麼她會這麼的快樂，這麼想要繼續下去？

「我愛妳，淑君，妳好美，」坤成猶自喃喃而語：「好美、好美。」

如果她眞有他說的那麼美，那也是因爲有他欣賞、有他愛惜的緣故。「坤成……」原本想要推開他的手，反而圈了上去，環住他的肩膀，甚至想要往內撫摸他的胸膛。老天爺！這時的淑君已經完全失去了平時的冷靜與矜持。

「我愛妳，淑君，」坤成的手指已經開始搜尋著她肚兜的結帶，企圖拉開。「我會愛妳一生一世，絕對不讓妳像妳母親、像妳外婆，絕對不——」

「放開我！」淑君幾乎是拚盡了全身的意志力叫道：「坤成，如果你不忍心讓我像我母親一樣，那就不要做跟我爹一樣的事！」

此言一出，加上她雙手的推拒，終於喚醒了坤成，於是他不但放開了淑君，還連滾帶爬地衝到溪邊去，把整張臉浸入冰冷的流水中。

好半天之後，他才感覺到從背後環上來的那雙小手。「淑君，我──」

小手往上，輕輕捂住了他的嘴。「不要道歉，我不想你道歉，那會讓整件事看起來好像都錯了，我不要這樣。」

坤成跌坐在草地上，緩緩摩挲她的手臂道：「這件事沒錯，因爲想要占有自己所愛的人，本來就是天經地義的事。」

「坤成！」她嗔怨一聲。

坤成隨即笑開來，而這一笑，總算沖淡了些許緊繃的氣息。

「說眞話也要挨妳罵，早知道就用假話哄哄妳了。」坤成開玩笑說。

「你敢騙我！」淑君瞪大了眼睛說。

坤成大笑得把她拉到身前去，就坐在他盤起的雙腿上。「妳這麼聰明，誰騙得了妳？」

沒有說出口的是：頂多有些事絕不主動提起而已。「說眞的，嫁給我，趕快嫁給我，好不好？」

淑君一邊幫他整理衣服，一邊說：「爲什麼這麼急？」

「妳都二十一歲了，再不嫁，難道要學妳那位大——」坤成及時打住。

可是淑君還是猜到了他沒有說出來的下文，馬上掙扎著想要起身。

「不，不要走。」坤成當然不會放手。「原諒我，淑君，是我說錯話了，但我會這樣，也是因爲我愛妳，我想早點娶妳進門的關係，而且……」

淑君停止了掙扎，大叫一聲：「我明白了！」

「妳明白什麼？」坤成的表情不是不忐忑的，而這更落實了淑君心中的猜測。

「你爹反對你娶我，是不是？」

「不是。」雖然一口否認，但轉開頭的動作依然洩漏了天機。

「果然如此。」淑君難過地說。

「不，」不願讓她誤會，坤成趕緊說：「不是的，妳千萬不要這樣想，我爹並沒有反對我娶妳。」

「眞的？你跟他提過我了？」淑君在他的臉上搜尋著心意。

事。」

「眞的。」坤成甚至重重地點頭，以示誠懇與眞實。「眞的，我爹非常贊成我們的婚

是因爲他太刻意了嗎？爲什麼淑君就是無法放心、無法完全相信呢？「既然如此，爲什麼你會——」

「因爲妳們林家那位大小姐。」不得已，坤成只好打斷她的話頭說。

「我大姑？」

「是，我爹擔心她會反對，我也擔心，所以才會求妳趕快嫁給我，怕就怕夜長夢多。每回想到我們的婚事可能受到妳大姑的刁難，甚至是反對，我就心神不寧，也因此剛剛才會……才會對妳……」

淑君聽了眞是又感動又感傷，馬上主動獻上紅唇，親吻了坤成一下。

「唔，」他的頭依著她的後縮而前傾。「不夠。」

「坤成！」淑君笑道：「來日方長嘛。」

「我就知道妳不像我緊張妳的那樣緊張我。」

「這是什麼？廖氏繞口令？」淑君的笑意更深。

巧笑倩兮，不禁看傻了坤成，也讓他重重嘆了口氣。雙臂勾在他的頸後，淑君笑問：

「好好的嘆什麼氣？」

「想到待會兒還得送妳回去，我心裡就難受。」

淑君定定地看著他，然後由衷地說：「我明白了，全都明白了。」

坤成挑眉相詢。

「明白了當年外婆和娘的心情。」她說：「雖然我不知道外公是什麼人，但我想，不、是我相信當外婆和娘遇到意中人時，那顆暗喜又雀躍的少女情懷一定跟我此刻一模一樣。」

「淑君……」看到她清麗的臉上一片湛然，寫的全是對自己的信任，坤成的心中不禁掠過一陣罪惡感。

說愛她、想要娶她、愈快愈好，而且父親並不反對全是眞話，但也都不是完全的眞話；如今見她對自己如此的信任，坤成忍不住想要全盤托出，淑君個性大方明朗，只要自己完全坦白，相信她一定肯跟自己並肩作戰。「淑君，我——」

「坤成！」淑君卻出奇不意地打斷他，甚至扣牢他的肩膀，顯見她接下去要說的話有多重要。「我答應嫁給你，但你也答應我一件事。」

「什麼事？」

「我要做你的妻子。」

還以為是什麼呢，坤成失笑道：「自然。」

「唯一的妻子，」淑君說：「我要做你唯一的妻子，不只是大房、正室，而是唯一的妻子，我絕對不重蹈上兩代的覆轍，絕對不與人共事一夫。」

「淑君？」她認真的表情令他心虛。

淑君卻以為他是不明白自己的堅持所為何來，看了看昏暗的天色，便開始娓娓道來：

「據說，那日的天色就跟今日的一模一樣……」

艋舺繁華的街道人來人往，在熱鬧的市井中有個算命攤子，算命仙正掐指忙著算，愈算臉上的表情愈愁苦，讓懷中抱一個孩子，背後又揹一個的彩蓮愈看愈緊張。

「先生，你看怎樣？」終於她沒辦法再等下去了，直接開口問道。

那算命先生卻不肯說，只是一味地搖頭。

「先生，你講不要緊，請你照實跟我講，眞的沒關係，眞的。」她愈強調愈顯刻意，只差沒把「在乎」兩字鑿在額頭上昭告天下。

算命仙總算開口了，但還沒開始講便先嘆了口氣。「妳走吧，妳的錢我免收。」

「喂，」早知如此，她何必巴巴地跑來算？彩蓮不禁有些火氣地說：「你這個算命仙怎麼這樣，你有話就直講，信不信還在我，你有什麼好怕的？」

算命仙被她這麼一激，也就忘了原先的顧忌。「是妳要我說的哦！妳是不是跟人『共家尪婿』？做人家的細姨？」

彩蓮霎時臉色丕變，話也不說，人也變得不自在了。

看她這樣，算命仙又不忍心了，所謂天意難測，他們這種聲稱識得天機的人，其實也只是以管窺天，能知其然，而無法知其所以然啊。

「可惜啊，可惜，可惜妳生做芙蓉面、蓮花相，這輩子卻註定要在情海中苦守，而且還禍延下一代，兩位千金的面相我也看了，說不定……連第三代都逃不過相同的『細姨命』。我閱人無數，像妳們這樣三代同命的例子還眞少見，唉！實在是眞歹命……」算命仙連連嘆息，眞心惋惜。

彩蓮看看懷中的幼女，心如刀割，面色如紙，想起孩子的父親在她產前產後的兩副嘴臉，尤其是在得知她生的是女孩，還是雙胞胎時的絕情，往她扔過來的那一把象徵一刀兩斷的鈔票……

她刷地一聲站起來，卻又因爲發抖而差點站不住腳，當然也就忘了該給算命仙錢了。

不過他原本也就沒有打算要收這個歹命婦人的錢，反而在天隆隆響起雷聲之際，反身拿出油紙傘來叫道：「太太，太太，就要下雨了，這雨傘妳拿去，免得淋濕了雨，兩個孩子會傷風……」

算命仙話都還沒說完，一場滂沱大雨已經嘩啦啦地從由天而降，澆得根本什麼都沒聽見的彩蓮渾身濕透。

俗語不是說「天無絕人之路」嗎？爲什麼如今彩蓮卻覺得天地之大，卻毫無她容身之所？路走得搖搖晃晃的她，最後終於不支倒地，痛哭起來。

要不是兩個嬰兒的哭聲隨之而響，彩蓮還不曉得要自苦到何時，解下了背上的孩子，把一對心肝寶貝緊摟在懷裡的她仰首向天，已經分不清楚流淌在臉上的是雨還是淚。

「老天爺啊，我洪彩蓮現在在這對您發毒誓，誓言絕不與人共家尪婿，我要和命運拚輸贏，您不妨張大眼睛看，不但是我，還有我的女兒，我的孫女，她們也絕對都不准跟別人共事一夫，我絕對不會讓她們跟我走上同樣的命運！絕對不會！您聽到了沒有？絕對不會！我絕對不讓您得逞！」

彷彿在配合淑君回溯的這個故事似的，天空竟然響起悶雷，風中也飄散著大雨將落的氣息。

「你明白了吧？」淑君說。

「這是誰告訴妳的？」坤成同時發問。

「榮輝叔和秀緞姨。」回答他問題的同時，淑君仍不忘追問坤成：「你明白了吧？」

「明白。」

淑君不是個囉唆的女子，但這件事她卻不能不再三確定。「明白什麼？」

「淑君。」看著她，坤成不是不心虛的。

「說啊，我要知道你明白了什麼。」

「明白妳絕對不願踏上外婆和母親的老路，絕對只肯跟一個男人，也就是我共度一生一世。」

這話不是沒有語病的，但此時此刻淑君完全沉醉在愛河當中，判斷力早不同等平常。

「對不對？」反而還要坤成問她。

「嗯？」看著坤成，憧憬著未來，淑君變得有些迷糊。那模樣逗樂了坤成，也令他俯下頭來，再度吻上了淑君。

這一吻迥異於之前，無限輕柔與溫存。「答應我一件事。」他在她唇邊說。

「什麼？」兩人熱熱的呼吸幾乎就在彼此的鼻前。

「答應我，無論發生什麼事，都要記得我愛妳，今生今世，我永遠只愛妳一人。答應我，淑君。」

聽到這話，淑君的心中並非完全沒有陰影，但也一閃即逝，隨即應道：「我答應你，我會記得，永永遠遠地記得，記得今生今世，我們永遠相愛。」

一直到與坤成依依不捨地分開回到家後，淑君才知道，有時，光靠彼此相愛還是不夠的。

不夠相守一生。

「淑君，」才進家門，便聽到麗華氣急敗壞地說：「妳跑到哪裡去了？家裡出事了啊！」

「大姑？」淑君滿心猶是坤成，還有跟他之間的濃情蜜意，一時之間，情緒實在轉不過來。「出事？出了什麼事？」

回答她的人是金鳳。「布莊沒了，妳不知道嗎？」

「布莊……」淑君依然不太明白。「沒了？」

怎麼會發生這樣的事？布莊可是他們林家根基之所在啊！

第十章

布莊是被嘉聲輸掉的，輸給了他們的對頭王永泰。

「大哥呢？」淑君首先想到的就是他，相信只有他可以解決問題。

「小姐以爲把事情都歸罪給少爺，把他罵死、打死，就能把布莊要回來嗎？」秋月護主心切地說。

「秋月姨，」淑君震驚。「我沒這個意思。」

「不然妳是什麼意思？」

「她有什麼主意，需要跟妳報備嗎？」麗華出面說：「畢竟姓林的是她，不是妳，說到底，這終究是我們的家務事。」

「但少爺他是——」

秋月想要回嘴，卻被金鳳喝住：「秋月，住口！」

「但是夫人，我——」

「我叫妳閉上妳的嘴，妳是耳聾了，還是怎麼樣？聽不懂我說的話，或是存心忤逆？」

「秋月不敢。」

「妳最好是不敢。」說著還狠狠地瞪她一眼。

看她隨即噤若寒蟬，淑君又不忍心了。「娘，大姑，我想秋月姨也是急了，她就像一家人，說什麼都是好意。」

「她是好意，還是壞意，我比誰都清楚，妳不必多嘴。」金鳳索性連她一起罵。

「是。」淑君也只好乖乖地應道。

「淑君說得對，」麗華說：「眼前當務之急，是把嘉聲找回來，總不能光聽……光聽別人的一面之辭。」

「『別人』是誰啊？」金鳳冷嘲熱諷地說。

「金鳳！」麗華又急又氣。「我們林家的布莊都快沒了，妳還在這邊賣弄口舌，不覺得有失分寸嗎？」

「大娘姑，」金鳳氣沉神定，唇邊甚至還浮上一抹笑容。「妳也說了嘛，布莊是你們

『林家』的，既然是你們林家的，那我這個姓吳的需要守什麼分寸呢？」

「妳！」麗華氣得猛然起身。

「大姑，」淑君趕緊拉住她，再對金鳳說：「娘，現在大家心情都不好，說的大半是氣話，還是都不要說了吧。」

「說，怎麼不說，想要解決問題，大家就得商量，不是嗎？」金鳳卻沒有住口的打算。「大娘姑，我看還是得勞煩妳走一趟，畢竟你們是夫妻，有話好說。」

「『以前』是夫妻。」麗華坐是坐下來了，但口氣依然火爆，特別強調「以前」兩個字。

「情份總比我們其他人深厚些。」金鳳絲毫不肯讓步。

她恨啊！對於林家，她的情感最是矛盾，俗語說：「嫁雞隨雞，嫁狗隨狗。」但這些年來，她的心卻從來沒有平穩過。

打從十八歲進林家門，發現抬進來的花轎不只她那一頂開始，她的心便像在石磨下，日日推磨，受不盡的委屈、挨不完的打擊、熬不過的漫漫長夜……

這些，沒有，都沒有任何人瞭解，只除了——不！她內心一陣驚悚，怎麼可以在此時此刻想起「那個人」？

「若要論情份，」麗華也反擊了。「恐怕妳跟他還要更深一些吧。」

「妳這話是什麼意思？」換金鳳「虎」地一聲起身。

「娘，」心底驀然浮現「金鳳小築」那精緻建築的淑君又趕緊充當和事佬。「我想大姑的意思是您和王老闆畢竟認識在先，沒別的意思啦。」

「最好是這樣而已。」

「不然妳希望我怎樣想？」平常受夠了金鳳當家的氣，麗華似乎想藉由這次的機會發洩個夠。

淑君不想再在這裡做無謂的爭論，便轉身往外走。

「淑君，妳要到哪裡去？」麗華問道。

「所以我說生女兒沒有用，就算姓林，碰到問題，還不是想一走了之。」金鳳冷冷地說。

「娘，」不甘被誤會，淑君轉頭說：「我是想去找大哥回來。」

「妳一個女孩子家，」麗華不放心。「要到哪裡去找？」

「放心啦，大姑，我會找天水一起去。」說著再不想被任何人耽擱，逕自往外走了出去。

六天了，和天水幾乎踏遍了艋舺每一個角落，就是找不到嘉聲，他像是憑空消失了一樣，平日常去的地方，一處也不見身影。

「小姐，喝點水。」天水小心翼翼地從水壺倒出一杯水來給她。

喝完之後，淑君才想到。「天水，你呢？」

「我不渴。」

「嘴唇都裂了，」淑君說：「還說不渴，你眞是連撒謊都不會。」

天水摸摸頭，憨厚地笑了。「這水是爲妳準備的，我怎麼可以喝？」

「傻瓜，」看著這個從小就像哥哥一般守護她到大的男人，淑君只好下令：「快喝水。」

「但是——」

「你再囉唆，我就罰你把水全喝光。」淑君恐嚇。

「小姐！」果然他馬上漲紅了臉，完全不曉得如何跟她討價還價。

「快喝吧！」淑君看看天色。「天快黑了，我們等一下就回家，這水不喝，回到家還不是倒掉，那多可惜。」

聽她這樣說，天水才肯喝，但也只喝個不渴而已。

「天水，你說我大哥會躲到哪裡去呢？」這幾天在天水的陪伴下尋找嘉聲，淑君才發現自己原來是這樣倚賴天水，若沒有他陪在身邊，淑君相信她一定禁不起遍尋不著嘉聲的失望，說不定早兩天就放棄了。

「有個地方……」天水的聲音低低的。

「你說什麼？」不過淑君還是聽到了。

「沒有，沒有，」天水馬上又揮手揮個不停。「我沒說什麼，我亂說的。」

「亂說也是說，你分明有說什麼，快告訴我。」

「呃，我是想……是想，」天水一邊摸頭，一邊支支吾吾的，完全沒有把握。「他會不會又在上回那個地方？」

「上回那個——」淑君倒抽一口涼氣。

「我就說是我亂說的嘛，」天水蹲了下來。「來，小姐，我揹妳。」

但淑君卻毫無反應，完全陷落在自己的思緒當中。

「小姐？」

「咦，」回過神來才發現。「你蹲在那裡幹什麼？」

「我怕妳累了，想揹妳回去，像小時候那樣。」

即便又累又煩，淑君還是笑了出來。

「小姐？」天水回頭看她。

「起來，」淑君一邊拉他，一邊笑道：「謝謝你。」

迎上淑君的眼光，天水不解。「小姐？」

「謝謝你總是能夠逗我笑，讓我開懷，很不容易呢，連——」原本想說連坤成都辦不到，不過話到嘴邊，還是被她嚥了回去。「總之很謝謝你，你就像是我的陽光一樣。」

「陽光？」小姐的比喻總是這麼的文雅，雖然他不是很懂，但只要小姐快樂，他也就快樂。

「對，冬天的陽光，最溫暖的。」她說：「不過我已經長大了，再讓你揹，不好意思，怕會壓垮你哩，走吧。」

「要到哪裡去？」天水飛快地跟上。

「當然是『那裡』，」淑君頭也不回地直朝前走。「去看看我大哥是不是眞的在那裡。」

一個鐘頭過後，拖著沉重的腳步走進家門的淑君，竟又遭逢更嚴重的打擊。

「美雲，妳怎麼會站在這裡？吃飯了沒有？」

「小姐，」美雲一副快要哭出來的樣子。「妳還有空問我這些，我都快急死了。」

「急什麼？」首先想到的就是嘉聲。「難道我大哥在其他地方還有欠債？」

「這次不是他，是妳啊！」

「我？」因爲想都沒想到，淑君還特別指了指自己的鼻子。

「對，姑奶奶在妳房裡，一張臉繃得緊緊的，我連問都不敢問，只能出來這邊等妳，好讓妳有個底。」

「我大姑……？」淑君狐疑，索性邁開大步往裡頭走。「我立刻去看看。」

就算有美雲報訊在先，淑君還是沒料到一進門就挨了麗華狠狠的一巴掌。

「大姑！」

再來就是幾張的信紙，直朝她的臉上丟擲過來。「妳幹的好事！」

顧不得臉頰火辣辣的痛了，跪在地上把那幾張信撿起來，再快速地看過。「不，不會的，怎麼會這樣？不會的……」

信居然是坤成的父親廖春生所寫，說「小犬坤成」近日神情恍惚，正事不幹，一問才知被林家小姐淑君迷得暈頭轉向，老父規勸不聽，只能厚著臉皮回頭求麗華，哀求她不要心存「父債子還」的念頭，懇請她不要犧牲自己的姪女兒來報昔日之仇。

最重要的一點是坤成早已在東瀛娶妻，所以即便淑君肯做小，他也不會讓她進廖家大門。

「大姑，這是怎麼回事？事情應該不是這樣，應該是……」她說不下去了。「總之，事情根本不是這樣啊！」

「妳能否認信上所寫的種種？」麗華逼問。

「我……」有些是事實，有些是她前所未聞的事情，淑君實在不知道該怎麼回答。

「說啊！」

「我──」她企圖做解釋。

不過這次卻是被麗華打斷。「妳能否認，說妳聽了我的話，從頭到尾沒有跟這個廖坤成交往？」

「我們是有交往，但是──」

「閉嘴！」

「大姑。」她幾乎就要跪地相求。

「什麼都不用再說了，妳給我回房裡去。」

她完全明白麗華的言下之意，換句話說，就是想要軟禁她。「不，大姑，您聽我說，那個王永泰──」她想說嘉聲的事情。

但麗華卻誤會了她。「妳提這個名字做什麼？」還逼上前來。「是不是想反唇相稽？想要拿我當年的糊塗來爲自己說項？我告訴妳，當年有多糊塗，我自己比誰都還要清楚，所以妳什麼都不要再說了，就是因爲如此，所以今天就算要拚上我這條命，我也不會讓妳再走上相同的路！」

「不！」淑君急急忙忙地分辯。「不，不是這樣的，大姑，您聽我說，不是這樣的，我想說的是——」

「銀樹，」麗華揮手，完全沒得商量。「帶她回房，我不想再聽她撒謊，把她拖回去也行。」

「小姐，小姐。」有人在叫她。

「美雲？」

「小姐，妳醒醒啊。」美雲又叫，已經有點著急了。

淑君翻身坐起，奔到窗前。「美雲！」

「我幫妳送吃的來了。」

她想要去開門，但美雲卻阻止了她。「開窗就好，」再補上一句：「姑奶奶吩咐的。」

淑君頓時洩氣。

「小姐，妳總要吃點東西。」

她搖了搖頭。

「妳不要誤會姑奶奶，」美雲猜得到她在想些什麼。「她也不是眞的認定妳會逃走，如果是那樣的話，她就連窗子都不會准妳開了，畢竟要逃，從窗子也能跑呀！」

「是嗎？」淑君一臉複雜。

「是的。」美雲肯定地點頭。

她終於開了窗，把餐盤接了進來，卻也同時瞥見門口那邊監視的長工。「原來還是不相信我。」她指的是麗華。

「那不是姑奶奶派的啦，」美雲趕緊幫麗華解釋。「是夫人。」

「我娘？」說到她，馬上想到另外一個人。「對了，天水有沒有跟她們說我大哥在王永泰那裡？」

「有。」

「然後呢？」

對於嘉聲，美雲總是不願多談。「去找他了。」

淑君想了一想，當機立斷。「美雲，我要吃飯了，妳等一下再過來。」

「但是餐盤妳放在門外就好，自然會有人來收。」美雲不太明白。

「妳來就是了。」淑君不願也無法多說。「一定要來收，知不知道？」

美雲再來時，淑君早早開窗等著。「吃飽了，妳收走。」

美雲俯過身來，正好擋住了監視長工的視線。「小姐？」

「交給天水，務必送到。」趁兩人貼近之際，淑君往她襟內塞入一信，同時低聲交代，眼神殷切。

「小姐？」美雲的聲音輕顫，不是不害怕的。

「全交給妳了。」淑君關上窗戶，不再多說，也不讓她有推辭的機會。

望著美雲瑟縮的背影，淑君在心中暗禱：老天爺，幫幫我，請讓信順利送到坤成手中。

天水不在，美雲急得團團轉。

「美雲？」美智子剛好走過來。

「美智子小姐。」

「幹嘛這麼客氣？」她笑道：「叫我美智子就好了。」

「那怎麼可以，妳畢竟是位大小姐。」美雲繼續在心底說的是：不管是不是阿本仔。

「妳手裡拿的是什麼？」

「呃，這……」她反射性地往背後一縮。「沒什麼，沒什麼，只是我們小姐交代我的一封信。」

「對了，妳們小姐。」美智子說：「妳帶我去看看她，好嗎？都沒有人肯告訴我出了什麼事，怎麼府內一下子鬧哄哄的，一下子又靜悄悄，尤其是今天，大家都到哪裡去了？」

「對了，美智子小姐，妳有沒有看到天水？」

「天水？沒有。」

「那怎麼辦嘛……」美雲的著急全寫在臉上。

「美雲，妳還沒有回答我，到底可不可以帶我去看淑君？」

「不成的。」

「為什麼？」

「因為……」這件事說來話長，美雲實在不知道要怎麼跟她解釋。「小姐做錯了事，夫人和姑奶奶不准她出來。」

「她們把她關了起來？」美智子驚駭。

「是禁足，要她閉門思過，沒有關那麼嚴重。」美雲還是試圖解釋了。

「淑君做錯了什麼？她們要這樣懲罰她？」

「她——」

「美雲！」有人叫她。

「糟糕。」美雲低呼一聲。

「美雲，妳在哪裡？夫人找妳。」這聲音屬於大家都有所忌憚的秋月。

「美智子小姐，」除此之外，別無他法了。「這封信拜託妳先收一下，我待會兒再回來跟妳拿。」

「但是——」美智子還來不及再進一步地推辭或詢問，美雲已經把信塞進她手裡。

而匆匆應聲離去的美雲，也沒有發現美智子在瞥見收信人名字時那滿臉的驚訝。

算準了時間，淑君唉唉叫道：「啊！好痛，好痛啊！」

「小姐，」果然長工一聽就急了。「小姐，什麼事？」

「阿來伯，」為了逼眞，她連腰都彎下了。「我肚子痛，好痛。」

「那……那怎麼辦？」他也慌了，其實這輪班看門的工作他本來就不想做，做了兩天也一直覺得莫名其妙，小姐從小乖巧，不像嘉聲少爺時不時就惹禍，怎麼到頭來關的是小姐，而不是少爺，實在沒有道理。「我去叫夫人，還是姑奶奶來，好不好？」

「不，不用。」

「但妳不是肚子痛嗎？身體不舒服就要看醫生，不能拖的。」

「阿來伯，」要欺騙這麼善良的老人，其實淑君也有點過意不去，但眼前她有更重要的事得辦，只能先在心底跟他說抱歉了。「我只要到茅廁去一趟就好。」

「這個……」

「阿來伯，你總不會連這個都不答應吧，萬一我……」這種事應該不必眞的說出來。

「那怎麼辦？你忍心看我出那樣的醜？」

想想也的確不行，阿來趕緊打開了門。「妳自己還可以走嗎？」

「可以，」淑君一邊抱著肚子，一邊努力做出舉步維艱的模樣。「可以，謝謝阿來伯，那我去去就回來。」

「好，小姐，妳慢慢來，不要急。」

好險！淑君頻頻往後看，幸好沒人追上來，只要沒有馬上被發現，自己就有希望逃出生天。

這樣說或許太嚴重了，不過被禁足了兩天兩夜，哪裡就到生死關頭了？但見不到坤成，對她來講，何嘗不是另一種生不如死呢？尤其是在心中懷抱著一個巨大疑慮的當口。

「小兒坤成在東瀛求學期間早已娶妻，媳婦個性溫馴，夫妻鶼鰈情深，所以即便淑君肯效其母做小，我這位家翁亦無法讓她進廖家大門……」坤成父親信中所言，再次歷歷浮上心頭。

不！她不相信坤成會辜負她，會腳踏兩條船，她不相信。

雖說如今因為體會了愛情的甜蜜，所以能夠理解母親當年，乃至於外婆當年為愛賠上一生的心情，但要她重蹈覆轍，卻是絕無可能的事。那樣一來，不但過不了自己這一關，恐怕連母親及外婆在九泉之下，也都無法安息。

她絕對不能那樣做，無論如何都不能，而坤成……對，眼前當務之急，還是先見到了坤成再說，他相信坤成，相信他跟自己一樣，都是崇尚婚姻自主的人，他父親之所以會寫那樣的信來，無非是想製造他們之間的誤會，中斷它們的交往而已。

對，一定是這樣，非這樣不可；淑君加快腳步，往自己在信中跟坤成約定的地點奔去。

「坤成哥。」相約於港邊，但與他會面的人，卻是……

「美智子！」坤成簡直不敢相信自己的眼睛。「眞的是妳，妳怎麼會在這裡？」

「坤成哥，我終於找到你了，你眞的回到台灣來，我找你找得好辛苦。」美智子說著、說著眼眶就紅了起來。

「美智子，」接到美智子請人送來的紙條時，坤成還半信半疑，想不到依約來到港邊，見到的人眞是她。「等一下，」不過他還是扣住她的肩膀，婉拒了她進一步的投懷送抱。「先把話講清楚。」

「我聽說你不要我了，聽說你提早搭船回台灣，還聽說你有了意中人，」泫然欲泣的美智子，看起來實在楚楚動人。「沒有你，我真的活不下去，你忍心看我如此？」

「美智子，」坤成當然不忍心，美智子在他的心目中，就像自己的妹妹一樣，天底下哪有捨得妹妹傷心的兄長。「妳聽我說——」

「如果你是要趕我走，那我不要聽。」美智子捂起了耳朵。

坤成將她的手拉下來，緊緊握住。「美智子，妳一定要聽，聽我說，我從來不知道社長有那麼荒謬的念頭，真的，更不知道他跟我父親之間有過那樣的約定。」

「把我託付給你很荒謬？兩位父親的約定很荒謬？你是這樣看待我多桑和我的？」

「不是的，美智子，我不是這樣的意思。」

「那你到底是什麼意思？」美智子不停地逼問：「你是不是真的不要我了？」

「不是，」坤成幾乎是用吼的：「不是！我怎麼會不要妳，我願意照顧妳、愛護妳一輩子啊！」

「坤成哥！」美智子感動地投進他的懷中。

雖然有那麼一刹那的不自在，但回想從前，要是沒有松田社長的收留，他們父子早就餓死在這艋舺港邊了；要是沒有松田社長的栽培，自己又如何能夠一路無憂地讀到醫科，成爲理想中懸壺濟世的醫生？再想到現在，美智子一個千金大小姐，如果不是爲了他，怎麼有那個勇氣飄洋過海來人生地不熟的台灣？

林林總總，讓他實在無法忍心將她推開，也只能由得她緊緊鎖住雙臂。

下巴抵住坤成的肩窩，雙眼正好越過他的肩膀，美智子卻看到了淑君：滿臉詫異、傷心、痛楚和難以置信的淑君。

「坤成……」連淑君自己都沒辦法辨識那幾乎成不了聲的呼喚。

坤成猛一扭頭，但美智子的動作更快，順勢勾緊他的臂膀說：「淑君，這就是坤成哥，是我最愛，愛到不惜遠渡重洋尋找的人。」

「妳們認識？」坤成驚訝。

但看在淑君眼裡，那也就無異於眞相被揭發的狼狽。「對，我們認識。」

「淑君，美智子她是——」坤成也看出她的臉色不對了。

不，剛剛的擁抱她看到了，剛剛美智子的傾訴她聽到了，實在不想也無法再待下去。

「我知道，我也什麼都明瞭了。」

「淑君，妳——」

「我說過，我絕對不與人共事一夫。」話一說完，她即轉身離去，姿勢絕決，實則心已碎成千千萬萬片。

第十一章

榮輝夜半輾轉，突聞弦聲，或上揚，或下旋，俱是哀愁。

於是他起身走到外頭，果然看到一個清瘦的背影，左手高懸調音，右手飛快撥弄，叮叮咚咚、鏗鏗鏘鏘，彷彿與山風融合爲一，又好像是拉緊了心弦在彈奏。

他沒有出聲，僅佇立原地聆聽，直到樂聲嘎然而止，她垂下雙肩，才上前去爲她披上衣服。

「榮輝叔？」淑君有些訝異：「我吵醒你了。」

榮輝搖搖頭，坐到她身邊去。「沒有。」停頓一下，再說：「好聽。」

她也搖了搖頭。「比不上娘，我想更比不上外婆。」

榮輝笑了。「岳母的琴聲我無緣一聽，但玉葉的三味線……與妳的只是不同，倒分不出高下。」

「外婆後來不在外人面前彈三味線，是因爲往事實在不堪回首吧。」

「應該是。」

「可憐娘卻必須仰靠三味線來將我扶養長大。」

「淑君……」榮輝不忍。

但淑君的笑容裡，卻沒有方才琴聲展現的絲毫悲情。「幸好娘還會彈奏三味線，就像幸好我們還有你一樣。」

說到這個，榮輝也笑了。「想都沒有想過，我謝榮輝正式收的第一個、也是最後一個徒弟，居然是個女孩。」

「女孩子不好嗎？」淑君說：「女孩子比較細心，不是嗎？」

「是，」榮輝稱讚兼不捨。「是比較細心，但體力總是比不上男人，苦了妳了。」

「不會，大不了多花一點時間，不苦的。」

她住到染坊來多久了？不停下來想還眞感覺不到時光的飛逝，工作量實在是太大了。

但這何嘗不是件好事，至少可以讓她不去想過去八個月來的紛擾與變化。

常常有人說：「人生如戲。」以前看戲時，偶爾也會聽到人說：「這太誇張了啦，人生哪有這麼多曲曲折折？」如今自己經歷了這麼多，才發現正好相反，有時戲台上的變化，還快不過也多不過人生呢。

那天目睹坤成和美智子相擁，淑君只覺得天地變了色，心寒、心痛，痛到骨子裡，甚至是全身無一處不痛，也是在那一刻，她終於明白當年母親爲何會不顧一切的縱身情人湖，只要能夠不痛，怎麼樣都可以，眞的，怎麼樣都可以。

但她畢竟不是母親，如同外婆不曾尋死一樣，淑君也不覺得那是一條合適的解脫之道。

於是她拖著沉重的腳步、痛楚的身子，還是回到了家。

看到熟悉的家門時，淑君想：這個家，也許不是百分之百的溫暖；這個家，也許因爲我的逃跑，待會兒還會給予我打擊。但是這些都無所謂了，如果一個人已經心痛到快要失去知覺，那麼只要有個地方可以棲身，可以暫時躲起來療傷，對她就已經足夠。

誰又知道才短短的時間，情勢已起變化，而且這變化之大，甚至大到幾乎沒有人去留意，或者說沒有人去在意她的脫逃。

記得當時踏進家門的第一印象是肅殺之息，緊迫到要教人窒息的地步。

「王永泰，我殺了你，我要殺了你！」驀然，嘉聲沙啞的嘶吼畫破沉默，也扯動了淑君的雙腳，拉著她往聲音來源奔去。

怎麼幾乎所有的人都聚集在金鳳的房間裡？有金鳳、麗華、銀樹、秋月、永泰、嘉聲、天水和……衣衫不整的美雲。

「美雲！」淑君驚呼，並且立刻跑到她那邊去。「妳發生了什麼事？誰……欺負了妳？到底是誰？」任何人都看得出來她發生了什麼事，而任何女人也都禁不起這樣的傷害。

「不！」她卻像頭負傷的野獸一樣尖叫出聲：「不要碰我，不要碰我！」

淑君趕緊收回手來。「好、好、好，我不碰妳，我不碰妳，妳不要害怕，我不碰妳，也絕對不會傷害妳。」

「是你！」嘉聲顯然聽到了淑君的那串問話。「是你傷害了美雲，都是你，都是你，教我抽鴉片，騙我畫押，偷了我家布莊，現在又害我欺負了心愛的女人，還要欺負我娘，你這個大壞人，都是你，都是你！」

他的叫囂吸引了淑君的注意力，也看見了他手中的尖刀。「大哥！」

但根本沒有人理她。

「林嘉聲，你真不愧是林世華的兒子，跟他一樣軟弱，跟他一樣沒用，跟他一樣做錯了事時，只會到處找藉口，到處找替死鬼，這個下人明明是你自己玩弄的，過後又想要賴給我，哼，」永泰冷笑兼輕蔑地說：「軟腳蝦，敗家子，跟你那個爹一樣，一世人無路用啦！」

「你！」衝到嘉聲面前的是淑君。「你怎麼可以這麼做？怎麼可以？美雲是個清清白白的女孩子啊！大哥，你太過分了，我絕對不會原諒你。」

「妳這個雜種走開啦！」嘉聲一把推開了她。

「小姐，」天水趕緊過來扶持。「妳有沒有怎麼樣？」

「沒事，我沒事。」她說：「天水，這到底是怎麼回事？」

天水用最快的速度和最簡潔的字眼描述了一切：雖然淑君來不及告訴麗華嘉聲在王永泰那裡，但天水說了，所以金鳳立刻帶人去找，找到了就先架回來。

架進金鳳的房間後，秋月即遵他所囑的找美雲來服侍，想不到他仗著自己的毒癮未過，竟然開始對美雲施暴，而秋月非但不拉開他，還走出房間反鎖上門擔任把風的工作，連麗華聞聲而來，都還企圖掩飾，直到金鳳氣急敗壞地回來，用力推開房門爲止。

「美雲她到底有沒有……」這種事，叫淑君如何問下去？

天水卻只是搖了搖頭。「姑奶奶說好像沒有，但美雲之後情緒激動，誰都近不了她的身，接著王永泰就來了，說……」他難得地欲言又止。

「說什麼？」淑君都快急死了。

「說只要夫人肯接受他的禮物，那他就不拿走布莊。」

淑君還來不及問天水王永泰所謂的「禮物」是什麼，便注意到麗華已經和王永泰拉扯起來。

「把你那不乾不淨的話吞回去，誰是雜種？我們淑君是堂堂正正的林家大小姐，不像你，十足十的暴發戶。」

「妳是什麼人？不過是我王永泰的下堂妻，」他不但沒有退縮，反而更加張狂地說：「有什麼臉在這裡囂張？在這裡發號施令？」

「夠了！」隱忍已久的金鳳終於發話：「王永泰，你馬上走，馬上給我離開這裡！」

「金鳳。」好像只有在面對她時，永泰的臉色才會稍霽，口氣才會稍好。

「住口，我的名字也是你叫得的嗎？」

「金鳳，」結果他不但不肯改口，還繼續不停地叫：「金鳳，金鳳，我王永泰從當妳們吳家長工開始，從幫妳拉車開始，就喜歡上妳，這麼多年來，心意從未改變。為了妳，我差點被老爺打斷腳骨，趕出吳家；但也因為妳，我才會發憤圖強，打出了一片天下，為什麼妳總是不能明白我對妳的用心？為什麼妳就是不肯住進我特別為妳準備的金鳳小築？為什麼？」

「住口！」嘉聲大喝，雙眼火紅，教人見了害怕。

「他甚至不是妳的小孩，」永泰理都不埋嘉聲，繼續對金鳳說：「是秋月和妳那個死去的丈夫偷情的孽種！」

「王永泰，你說什麼！」麗華大叫。

「王永泰！」秋月也大叫。

「啊！」嘉聲則只會哀嚎，並企圖衝撞過去，所幸被天水緊緊抱住。

「你馬上給我出去。」金鳳近乎咬牙切齒地說。

「不！」永泰已經成為室內的巨人，或者說是一個不折不扣的惡魔。「你們林記布莊已經是我的了，我為什麼還要聽妳的？金鳳，我愛妳，這世界上最愛妳的男人，不是妳的父親吳建堂，也不是妳的丈夫林世華，而是我，是我王永泰！」

「你不要再說了！」如果可以，金鳳多麼希望時光可以倒流，那麼她就仍是大小姐，而他依舊是她們吳家的長工，自己可以要他做什麼，他便得乖乖照做。

「我偏要說，」但王永泰已非昔日的吳下阿蒙，而是他們的債主。「我不但是最愛妳的，還是對妳最忠實的男人。眞要論到血緣關係，這個林淑君，」他突然將矛頭指向淑君，令包括她本人在內的所有人都大感錯愕。「說不定還比林嘉聲跟妳親近一些。」

「你說什麼？」金鳳瞪大了眼睛，半是憤怒，半是害怕，這個王永泰，到底想要說什麼。「你說什麼？她是林世華和洪玉葉生的，和我哪來的血緣關係？」

捕捉到金鳳提及父母時的怨懟口氣，淑君不禁打了個冷顫，他們屍骨已寒，但金鳳對他們的仇恨顯然還未完全成為過去？竟連提到父親，都連名帶姓地叫。

「哈！」王永泰仰頭大笑，笑聲震天。「大小姐，」他故意換回原來的稱呼，裡頭卻充滿了諷刺。「妳想不到吧，那個洪玉葉並沒有取錯名字，她跟你一樣，出身其實也都是『金枝玉葉』啊。」

「我聽不懂你在胡說些什麼。」金鳳的臉色卻漸漸蒼白，腦中浮現一個古老的記憶，一個在自己最初受盡婚姻的折磨時，母親跟她吐露的秘密，說父親年輕時也曾迷戀過藝旦，說……

永泰觀察她表情的變化，猜測她心情的轉折。「原來，大小姐，對於老爺過去的那筆風流帳，妳並非一無所知，難道說，妳早就知道那個洪玉葉其實是妳同父異母的親妹妹，妳們姊妹不但共有一個父親，後來還公家一個丈夫。」

這話一出口，所有的人都愣住了，竟然有這樣的事？！

「王永泰，你不要信口雌黃！」也不曉得爲什麼，秋月竟然比金鳳還要激動。

「妳才給我閉嘴，」永泰一臉的輕蔑和鄙夷說：「一個偷主子丈夫的賤人，有什麼資格在這邊大小聲。這是我親眼看見老爺和洪彩蓮撞見對質時，親耳聽來的事實，後來老爺也跟我承認了，只是我答應他保密，所以一直沒說出來而已。」

「我娘她……我娘她竟然是……」淑君望向金鳳，拼湊不出一句完整的話來。

「對，算起來，她是妳的大姨。」永泰先對淑君說，再轉向金鳳。「現在妳明白了吧，林淑君至少還是妳妹妹的女兒，而那個廢物，」他投給嘉聲最最輕蔑的一瞥。「不過是秋月偷生的賤種，和妳一點關係都沒有。」

「娘，這是眞的嗎？」嘉聲彷如一頭受傷的野獸般哀嚎。

「金鳳，這到底是怎麼回事？」上一代的事已經不可考，但嘉聲的身世卻不能不追究，麗華自然要問個分明。「這中間出了差錯？秋月的孩子不是還未落地就死了嗎？」

「怎麼回事？」出乎衆人意料之外的，原本以爲會暴跳如雷的金鳳，竟一下子洩了氣，彷彿老了十歲般地說：「如果當時我也能像妳一樣痴痴呆呆，什麼都不知道就好了。」

但她沒有痴呆，就連發現產下的孩子早已夭折，又聽到秋月生了個健康的男嬰時，都沒辦法如願失去知覺，依然感覺得到痛，痛徹心扉，偏偏又痛不致死。

也就是在那個時候，母親教她把秋月生的孩子抱過來，當成是自己的來養。「女人啊，靠的不就是孩子嗎？想當初我也是靠著妳這個寶貝女兒，才把妳爹的心給收了回來。」

如今想來，只覺得悔不當初。早知道……早知道在雙頭轎同時抬進林家時，她就該堅持腳不落地，原轎抬回吳家，省卻之後無止無盡的情愛折磨。

對，正是這兩個字，情、愛。誰教她的一顆心早在相親對看時，便讓林世華給擄獲了去，再也拿不回來，以至於日後一錯再錯，難以自拔，終究深陷泥沼，葬送了寶貴的青春。

「我竟然是一個下人的兒子，」嘉聲喃喃自語：「比淑君還不如，比淑君還不如……」

「大哥，」淑君實在不忍心見到一向自信滿滿，儘管趾高氣昂，終究不失世家子弟風範的嘉聲霎時天地變色，便想出言安慰。「大哥，你不要這樣，你不要——」

「滾開！」嘉聲卻毫不領情，一把將她推倒在地，同時衝到金鳳的面前。「娘，您說，說我是您的兒子，不是下人的種，我不要，我不要做秋月的孩子，我不要是她生的，她不過是妳的丫頭，我不要！」

但金鳳不語，而秋月早已心如刀割地流下淚來。

麗華則一邊拉起淑君，一邊問銀樹：「這一切都是真的嗎？」

「大小姐，我——」

「不要給我那一套什麼你不知道，」麗華先發制人地說：「別人要是不知道還說得過去，但你不一樣，你是布莊的總管，一定都知道。」

在麗華犀利眼光的注視下，銀樹終於吐實：「是的，嘉聲少爺是秋月生的。」

「天啊！」嘉聲搖搖欲墜。「天啊！我竟然是個下人的種，我竟然是個下人的種！」

「少爺……」秋月不忍心兒子受到如此大的打擊，自然而然地想要過來扶持他，卻被他一把推開。

「滾，妳不配碰我！」

「大哥！」自己站定之後，馬上過去扶秋月的淑君大叫：「你怎麼可以這樣對待秋月姨，她從小疼愛你到大，誰都知道，誰都看得到啊。」

「我不稀罕。」

永泰冷眼旁觀，幸災樂禍。「你不稀罕，你娘可寶貝得很呢，不然她會處心積慮勾引林世華，又在被嫁掉之後，不惜犧牲一切，再回林家，誓言保密，只爲了換得留在你這小雜種的身邊？」

「你說夠了沒有？」金鳳冷冷地開口，彷如一尊木雕，已然失去所有的生命力與溫度。「如果說完了，是不是可以走了。」

「除非妳答應搬進金鳳小築，否則我今天是不會走的了，畢竟，」永泰笑得躊躇滿志。「林家的產業已經都算是我的了。」

「你作夢！」金鳳斷然拒絕。「我一早就跟你說過，我吳金鳳生是林世華的人，死是林世華的鬼，永永遠遠都不會跟你在一起。」

「好，」永泰也發狠了。「說得眞好，那就別怪我不客氣。」

「你還想要幹什麼？」麗華問道。

「本來呢，你們大有機會逃過這一劫，因爲第一，我很愛金鳳，只要她點頭，我馬上就放過你們；第二，廖春生很愛他的兒子，說只要你們家淑君答應離開廖坤成，他就願意無條件代償林嘉聲積欠我的所有債務。」

「不！」金鳳斬釘截鐵地拒絕。

「不！」淑君也說：「我跟廖坤成已經毫無瓜葛，哪有讓陌生人代我們還債的道理。」

麗華聞言心喜，但此刻卻不適宜進一步地瞭解內情，只能對姪女兒投以嘉許的眼光，殊不知淑君的心正飽受凌遲之苦。

「你以鴉片誘食我大哥在先，又趁他神智不清之際拐騙我家財產在後，」情愛雖已無望，淑君卻沒忘記她身為林家兒女的責任。「王老闆，難道就不怕我們跟你鬧上公廳告到底？」

「妳儘管去告，反正這一切全出於林嘉聲的自願。」永泰老神在在地說。

「王永泰，你好狠的心，我跟你拚了！」秋月衝上前去，對他又捶又打。

她怨恨的眞的只有王永泰一人嗎？想踢打的也眞的只有王永泰一人嗎？恐怕不是吧。從小就被賣入吳家，金鳳對她雖然不錯，但那也僅止於不用做吳府內一般的粗活而已，俗語說「伴君如伴虎」，皇帝和天皇長什麼樣子，她不知道，但大小姐卻是出了名的難伺候。她這一路戰戰兢兢地吹吹捧捧，爲的是什麼？陪著她去相親之前是爲了過好一點的日子，之後則一心一意編織著做林家小妾的美夢。

可恨的是老天爺連這一點點的期盼都要剝奪去，不但想要的夫婿嫁不到，十月懷胎的兒子也得讓給小姐，眼睜睜看著她以矛盾的心情，將嘉聲教養得如此不堪，如今又成了王永泰報復林家的工具。

老天爺對她秋月眞是不公平到極點！但天意飄邈，教她上哪兒找祂去討公道呢？只有拚命找王永泰洩恨。

「走開啦！妳這個瘋女人！」

「你罵我瘋女人？」秋月更激動、更瘋狂了。「你竟然罵我瘋女人？還那樣毒害嘉聲！」攻擊的手勢更加凌厲。

「有什麼老母，就有什麼兒子，給他抽鴉片，我還嫌浪費哩。」

「你！」雖然永泰努力掙脫，秋月卻打死不退。「你嫌我們，你竟然敢嫌我們，二十幾年前的那一夜，當我們同病相憐地抱在一起，當你在我身上發洩獸慾時，為什麼不嫌？為什麼不嫌？」

所有的人聽到這話都呆掉了，她說什麼？

只有嘉聲猛地往前衝，手握尖刀——

「大哥！」淑君大叫。

但來得及阻止的，卻只有秋月，而且是以肉身去擋。「秋月！」金鳳驚駭到極點。

往下看著深深沒進秋月腰間的尖刀，嘉聲一臉的難以置信，完全無法理解的模樣。

「怎麼會……怎麼會……這樣……？」

「叫我一聲，嘉聲，叫我一聲。」秋月握著他的手，臉上不見痛苦，只有慈愛。

「這是為什麼？為什麼？」嘉聲啞著嗓子問。

「因爲你是我的兒子，我不能讓你一錯再錯。」她說。

「不，」事已至此，他仍然不肯面對事實。「不，我不是下人的孩子，我不會是！」還拚命地搖頭。「而且該死的人不是妳，是他，是那個惡魔！」他們一起望向依然驚魂未定的永泰。

「不，」秋月的雙手轉而牢牢扣住嘉聲的雙臂，撐持著說：「不，你不能殺他，不能。」

「你們之間果然有姦情，」嘉聲紅通通的眼中狂意盡現。「你們果然是一對姦夫淫婦，所以妳才會維護他，說不定這一切全是你們聯手搞出來的！」

天啊！秋月自問：我怎麼會生出這樣的孩子？我怎麼會放任自己的小孩被養成這個樣子？

「聽好，」幾乎是生平首次，她對嘉聲嚴厲地說：「你給我聽好，他是你的親生父親，他再怎麼壞，我都不能讓你犯下弒父的大錯，我維護的是你，不是他，從來就不是他……」底下的話隨著生命力的流逝一併成空。

「秋月！」金鳳搶過來扶她。

「銀樹，」麗華也叫：「快去叫醫生，快啊！」

「我不相信，」嘉聲終於鬆開了手，頻頻後退，搖搖欲墜。「我不相信，絕對不相信，我是林嘉聲，父親是林世華，母親是林吳金鳳，我是林家的少爺，才不是……不是……」

但在一片混亂當中，已經沒有人理會他了。

淑君輕輕撥了一聲弦，榮輝則緩緩嘆了口氣，彼此都瞭解對方的心意。

「妳想秋月的遺言，嘉聲聽進去了沒有？」雖然不在現場，但當時的一切後來榮輝當然還是都聽說了。

「我以為你會問我秋月姨說的是眞是假。」淑君將三味線收了起來。

「人之將死，其言也善。怎麼可能是假話。」

「我想打擊最大的人，應該是娘。」

的確，雖說誰也想不到嘉聲竟然是秋月和永泰的兒子，可是金鳳接受起來，卻要比任何人都困難，就彷彿二十幾年前已經因被秋月所騙，以為遭受到丈夫和貼身丫鬟的聯手背叛，二十幾年後又發現原來她結結實實背叛了自己兩次，而且欺騙了所有的人一樣。

「秋月眞是太工於心計了。」榮輝嘆道。

「但她也付出了代價，龐大的代價，是不是？」淑君說：「現在每每想起她來，我都會覺得難過，覺得她很可憐。」

「可憐？」

「嗯。」

「難道妳忘了就因爲她那一句謊言，不但害慘了妳娘，也害妳爹揹了一輩子的黑鍋。」

淑君搖了搖頭。「沒有，我沒忘，只是，」停頓了一下，再繼續說：「我娘至少還有我，可是秋月姨卻一直到死，都聽不到大哥喊她一聲娘。」

「妳實在是──」榮輝苦笑著說。

但話還沒說完，就被一個爽辣的聲音打斷。「善良得不像話，就跟玉葉、跟瓊美一模一樣。」

「秀緞姨！」淑君驚喜。「您怎麼來了？」

「來看妳啊，」秀緞說：「順便也看看榮輝。」

「秀緞姊，妳又在開我玩笑了。」榮輝笑道：「天水，辛苦你了。」

「是啊，」淑君也說：「天水，怎麼趕著回來？算算腳程，我還以爲你最快也要明天中午才會到。」

聽到淑君如此關心他，天水心喜得漲紅了臉，話更說不出來了。

還是秀緞憐惜地看了他一眼說：「他啊，只要能夠早一時一刻看到妳，就算用飛的也會拚命地趕回來，連我留他住一夜，說時候這麼晚了，明天早上再過來也不聽。」

「阿母。」天水更靦覥了。

爲了不讓天水尷尬下去，自己也跟著不好意思，淑君趕緊轉移話題。「秀緞姨，您看天水多孝順，回到艋舺，第一件事就是先回家去看您。天水，貨款都收回來了？」

「大家都很幫忙。」天水立即把包袱解下來，想要核帳。

「不用了，等天亮了再算吧。」淑君說：「有了這筆款子，我就可以幫大姑辦喜事了。對了，」她想起一件事。「秀緞姨，您今晚要留下來吧？」

「當然，不然呢？難道現在還回家去？人家麗華又要嫁了，嫁的還是默默愛了她一輩子的銀樹，我當然也要加把勁囉。」說著眼光便瞄向榮輝。

「秀緞姊，妳怎麼還是跟二十年前一樣愛開我玩笑？」榮輝又急又羞地說。

「唉，我暗示、明說都做了，怎麼你就是不明白我的心呢？」

對於秀緞的打情罵俏，淑君早已習慣，便笑道：「那我去幫您舖被，天水，你也過來幫忙。」

等他們進去之後，秀緞才收起嬉鬧的表情說：「這些日子以來，眞是苦了淑君。」

雖因大家有利的證詞，嘉聲沒被判死刑，可是還是關進了牢裡。

金鳳則拒絕了永泰欲歸還林記布莊的「美意」。「留著給你兒子吧！」是她心灰意冷的決定。

但淑君卻不想放棄，尤其是當廖春生捧著錢上門來，表示願意爲他們償債時。「感謝妳願意離開坤成，這是我們的一點心意。」

麗華把決定權交給了她，而淑君的答案是：「林家的事，自然有林家的子孫擔負，您的好意，我心領了。」從頭到尾，沒有提及坤成一字。

然後就搬到染坊來，開始了她染布的生涯。

「榮輝，你覺得淑君像誰？玉葉、世華、還是她外婆？」秀緞疼惜地說。

「都像，也都不像，實際上，我覺得這個孩子好像融合了所有人的優點，其中包括父母、外婆、阿姨、姑媽，甚至是她大姨不服輸的個性。」

「你是說金鳳？」

「對，」榮輝說：「所以我相信她一定可以振興林家，可以再次打響林記布料的名聲。」

秀緞笑了。「當然，因爲她有你這位師傅嘛。」

「也只有妳始終這麼看重我，」榮輝笑道：「走吧，我們也進去，溫一壺酒來喝喝，聊一聊天，反正也睡不著了。」

「好啊！」秀緞不改其豪爽的本性。「我不醉不歸，你不醉不眠。」

一對老友相偕入內。

第十二章

忍著刺鼻的氣息，忍著窒人的悶熱，淑君屏息靜氣，全心全意都在即將呈現的布上。

天水一塊接一塊地緩緩撈起，每一塊都寄託著淑君的夢想、汗水，乃至於生命。

幾十塊的布，一一攤在面前，每攤一塊，身旁的人就發出一聲讚嘆。

「眞漂亮，眞漂亮。」銀樹低喃。

「銀樹，這是眞的嗎？這全是眞的嗎？不是我在作夢？」則是拉緊他的麗華帶淚的詢問。

「天水，我要那一塊，」秀緞不改其本性地大聲嚷嚷：「對，你手中那一塊，不，還是原先的那塊好看，嗯，也不是，好像第三塊比較……不、不，再等一等，也許好酒沉甕底，唉唷，這麼多，又都這麼漂亮，到底要我怎麼選嘛！」

「秀緞姊，」榮輝安撫她道：「妳稍安勿躁，成功了以後，還怕淑君不會一樣送妳一匹嗎？」

「眞的？假的？」秀緞興奮到整張臉都紅了起來。

「哼，就愛貪小便宜。」話雖說得刻薄，口氣倒是好的，臉上甚至還帶著笑容。

「是啦，」秀緞也笑著對金鳳說：「我就是這樣的人，妳有什麼意見？」

「如今是淑君當家，我能有、又敢有什麼意見？」金鳳反問。

「好了啦，妳們兩個，」榮輝不得不充當和事佬說：「可不可以專心一點看布呢？」

不專心看也不成，因爲實在是太絢爛了。

「那是江寧染的天青、元青；蘇州染的天藍、寶藍、二藍、蔥藍；鎭江染的朱紅、醬紫；杭州染的湖色、淡青、雲青、玉色、大綠；成都染的大紅、淺紅、穀黃、鵝黃、古銅；維吾爾族的型板染和苗族的蠟染。」淑君一一介紹，如數家珍。

看著一塊塊色澤準確的布料，麗華率先紅了眼眶，比起淑君今日的努力，過去她的「當家」，不過是空有其表的「厲害」而已，甚至算不上是精明能幹啊。

「淑君，妳——」想要嘉勉她兩句，卻被銀樹拉了拉袖子止住。

「妳看。」不讓她有生氣的機會，銀樹指給她看。

麗華一見便忘了生氣了，那是一塊多麼漂亮的布啊，淺紫的顏色，透明的質地，難怪古人詩中會形容「翼紗薄如空」。

「這是什麼布？」金鳳也問道：「怎麼染出來的？」

「榮輝啊，原來你還有這個『撇步』，」秀緞說：「什麼時候會的，居然都沒展現出來，還藏私哩。」

「不，這不是我的功夫，是淑君自己的研究。」

「眞的？假的？」秀緞睜大了眼睛。

「妳是她的三味線師傅，她有多厲害，妳不知道？」榮輝反將她一軍道。

這下大家都笑了。

「好、好、好，」秀緞自己也一邊笑一邊說：「這樣消遣我，看我以後要怎麼回報你。」

「秀緞姊，」麗華出主意。「我看妳就加把勁，趕快把榮輝拐回家，這樣就可以慢慢地整治他了。」

「原來銀樹過的是那樣的日子啊！」

「秀緞姊，」銀樹也跟著麗華的稱呼說：「妳不要誤會，我們夫妻的感情好得很。倒是妳，看來都是出一張嘴而已。」

「我也想要像你們一樣睡雙人枕頭，可惜我像你，榮輝卻不像麗華，他那顆心好像是鐵石打的，我再怎麼做也打動不了他，唉。」

「你們這些人，」金鳳看到榮輝和天水都有些尷尬，馬上跳出來扮黑臉說：「到底要不要看布？都幾歲的人了，還講那些風花雪月，也不怕被人家笑。」

「這裡哪有什麼人家？」秀緞就是愛和金鳳鬥嘴：「還不都是自己人？」

「淑君，妳還是快跟我們講講這布的玄機，好讓我們出去幫妳宣傳吧。」麗華把話題轉了回來。

「這是用莨薯塗浸的絲織布。」

「莨薯？」銀樹畢竟是林家的總管。「是那種藤似山藥、結果像小瓜的東西嗎？」

「是，用它來染做汗衫，穿起來格外清爽，最適合我們台灣暑熱的天氣穿。」淑君說。

「有沒有名字？要賣布，總要取個好聽的名字才好賣。」金鳳說。

「我是想到了一個，」淑君回答：「就不曉得大家覺得好不好？」

「說來聽聽。」麗華鼓勵她。

「這布是絞紗，」淑君進一步地解釋：「用莨薯塗浸過後，涼爽、易洗、易乾、不怕水又不粘膩，總名我想取做香雲紗，如果染成金黃，就叫做金鳳香雲紗；染成碧綠，就叫做玉葉香雲紗；染成五彩，就叫做麗華香雲紗；若是布料用緞，當然就是香雲秀緞了；」她看著所有面露驚喜的長輩們說：「這樣好不好？」

大家都還沒回話，秀緞已經先「哇！」的一聲哭起來，讓衆人先是錯愕，繼而笑中帶淚、淚中帶笑地歡呼：「好，香雲紗，太好了，咱們就憑這，一定要把林記布莊再度振興起來。」

「不是要，是能，一定能把林記布莊的招牌再掛上坎街。」

「豈止坎街，我看就連整個艋舺，不，是要讓整個台灣島的女人，都愛上我們的香雲紗。」

淑君看著七嘴八舌的他們，臉上露出欣慰的笑容，覺得過去一年多來的辛勞，在這一刻全消失得無影無蹤。

「小姐。」天水輕喚。

「嗯？」她轉回頭來看著他。

「辛苦妳了。」

聽他這麼一說，淑君才想到了一件事。「對了，我還沒告訴大家這莨薯是你採回來給我的，其實有這香雲紗，完全是你的功——」

天水難得打斷她說：「不，小姐，那千萬不要說。」

「為什麼？還有，我不是要你和美雲都別再叫我小姐了嗎？我們是朋友，像兄弟姊妹，你們還是喊我淑君吧。」

「那也不可以。」

「為什麼不可以？」

「因為……」他又詞窮了。「反正就是不可以，我叫習慣了，改不掉。」

望著他固執的表情，想到他這些日子來的患難與共，每每在她為染布的原料和技巧傷神時，給予她實質及精神的雙面支持，淑君就不知道要如何感激他才夠。

但，她是真的不知道嗎？

問題是，就算清楚，她願意嗎？感激得起嗎？

隨著香雲紗的風行，淑君開始將失去的家產一點一滴地掙回來，現在他們是真正的胼手胝足，同心協力，上上下下，無分彼此，全是親密的一家人。

「美雲，」淑君叫住幫她端洗臉盆進來後就要離去的美雲說：「妳等一下，我有東西要送妳。」

「送我？」

「對，今天不是妳的生日嗎？」

「小姐記得？」她驚喜交加。

「怎麼可能忘記，」她從衣櫃捧出一套衣服來。「看看妳喜不喜歡？合不合身？」

粉嫩色的香雲紗旗袍，美得就像一個夢，美雲一看便移不開視線。「好……漂亮。」

連聲音都放輕、放柔，好像怕太大聲，美夢就會驚醒。

「喜歡嗎？」

「太漂亮了。」

「快穿給我看看。」

「我……」她卻說：「我不能收。」

「爲什麼？」淑君不解。

「太漂亮了，我……穿不起。」

淑君輕嗔道：「胡說八道，自家的東西，如果你穿不起，那誰穿得起？」

「小姐，」美雲看著她說：「妳是不是可憐我，或是一直覺得對不起我？其實我一早就跟你們說了，少爺他並沒有……並沒有得逞，所以——」

淑君打斷她道：「我從來沒有可憐過妳，至於對不起……我的確覺得抱歉，嘉聲畢竟是我大哥。但那跟這件衣服有什麼關係呢？」

「他根本不是林家少爺！」美雲激動地說：「怎麼還能算是妳大哥！」

是的，身世揭發後，他在血緣上確實和自己完全沒有關係了。事發之初，大家對他也眞的有些排斥，不過最近連金鳳和麗華都願意到監獄去探視他，金鳳甚至還說過「他今天會這樣，我也不是完全沒有責任」的話，淑君相信等他出獄之後，大家還是願意給他一次機會，就算沒辦法再做一家人，總也不算陌生人，乃至於仇人吧。

「我只是叫慣了，一時之間還沒辦法完全改口。」淑君拍拍她的手說：「衣服妳收下，這是我給妳的禮物，跟他更沒有關係，不是嗎？」

「我……」

「再推辭的話，我要生氣了。」淑君裝兇道：「我們家敗成這樣，妳都沒跑掉，我本來就該好好地謝謝妳才對。」

摸著她的手，美雲卻哭了。

「又怎麼了？」淑君有點不知所措。

「妳的手，小姐，」美雲哭得抽抽噎噎。「爲了染布，妳看妳的手變得這麼粗，甚至比我的還粗……」

原來是爲了這個，淑君哭笑不得。「這個也能哭？妳還眞是天水說的愛哭鬼。手粗有什麼關係，只要不偷不搶、不挨餓受凍，能夠自力更生，我覺得很好啊！」

「可是——」

「別再可是可是的了，妳趕快去換衣服，過來給我看看，看還有沒有什麼地方需要修改的，好不好？」

「好，」像下了什麼重大的決定似的，美雲鄭重其事地點頭。「妳在這裡等我，我換好就來，有件事我一定要告訴妳，求妳原諒。」

「求我原諒？」淑君不懂，想要進一步問她，她卻已經跑開了。

淑君苦笑著搖搖頭，並走到洗臉盆去梳洗，搞不清楚美雲葫蘆裡賣的是什麼藥。

「小姐。」剛打理好，就有人來叫。

「阿彩姨，什麼事？」

阿彩一臉的謹慎，掩不住心頭的緊張。「夫人和姑奶奶在廳裡等妳，說有重要的事找妳商量。」

「什麼重要的事？」口中問著，人已經踏出門檻，領著阿彩往前走。

「她們說妳去了就知道。」

天水近乎氣急敗壞地來到淑君門外，正好瞥見她坐在梳妝台前的側影。

「妳在這裡，」鬆了一口氣似的。「我到處找妳，有話要跟妳說，很重要的話。」

那個側影挪動了一下，彷彿拿不定主意，決定不了要不要起身。

「妳什麼話都不必說，只要聽我說就好，我只想要妳聽我說，說這一遍。」

於是那側影不動了，挪回原來的姿勢坐定。

「我喜歡妳很久很久了，久到究竟有多少日子，我都數不清，也算不清了。」

側影低下了頭。

「我們從小一起長大，妳對我的個性最瞭解了，我就是不會說話，什麼都不敢爭取，還害妳前陣子吃了那麼多的苦……我眞是難過啊。」

他到底在說什麼？天水自問：如果要表白，難道不會說得更清楚一些嗎？

他之所以會鼓起勇氣過來，不就因爲已經不想再等下去了嗎？不就因爲已經不甘心再沉默了嗎？不就因爲不想再在她的背影守候了嗎？所以今日，也就是此時此刻，一定要把話說清楚。

「妳的委屈我最明白，妳的善良我最清楚，妳的心意我最瞭解，或許我們的身分並不相配，但是——」

因爲側影突然搖了搖頭，害得原本就緊張的天水差點說不下去。

「眞的嗎？妳眞的不計較我的身分？」

她篤定的點點頭。

「我原本是不敢想的，」天水的語氣活絡起來。「我原本是想跟銀樹叔一樣，只要能在妳的身邊就好，但是剛剛……就在剛剛……我聽到了——反正我不要讓妳跟上一代走一樣的路，我更捨不得妳去做小，我不要這樣，我不要！」

側影拿起手絹來按了按眼角。

「這些日子以來苦了妳了，跟著我，也許日子不見得會好過、會輕鬆，但我保證愛護妳，我保證這一生一世心中和身旁都只會有妳，絕對不會變心，這份心意，從小到大，不曾改變，將來也一樣，絕對絕對不會改變，所以，請妳答應嫁給我。」老天爺，他說出來了，終於說出來了！天水幾乎不敢相信自己眞的說出來了。

「嫁給我，好不好？」既然開了頭，後面好像就沒有那麼困難，而且決心更強、更堅定。「嫁給我，嫁給我，好不好？」

「我想她已經答應了，」驀然後頭傳來一個聲音說：「只是感動到沒有辦法應聲而已。」

天水猛然轉身。「小姐！」整個人恍遭五雷轟頂，徹徹底底地說不出話來。

「天水，其實我早就盼望有這樣的結果，今天你終於跟她說了，我好高興。」淑君眼中有淚光隱隱，心內則五味雜陳，分不清是喜是悲。

「小姐，」他終於重新找回聲音了。「妳怎麼在這裡？那裡面的人是——」

「美雲，」淑君揚聲：「妳還沒有說好不好呢？」

「小姐，這——」天水臉色漸漸灰白。

「你們不是從小一起長大？她的個性你不是最瞭解？她的委屈你不是最明白？她的善良你不是最清楚？她的心意你不是最瞭解？」

這麼說，剛剛那些話她是全聽到了，天水心中不禁更加苦澀。

「妳覺得你們的身分不相配嗎？」

「當然不會。」天水否認。

「那就好。」淑君說：「這些日子以來，眞是苦了美雲了，跟著我，不但她的日子不好過，你的工作也不輕鬆，」鼻頭發酸，不得不稍作停頓。「但我保證以後會漸入佳境，我保證。」

「小姐，我……」天水急到額頭冒汗。「我的心意——」

淑君看著他，清澈的眼眸彷彿要望入他的靈魂深處。「我都明白。」

「小姐。」天水的心底有點甜、有點酸、有點苦、有點痛，不過最多的，還是與淑君徹底的心意相通，那是一份讓天水心如刀割的肝膽相照。

「我都懂，天水，請相信我，所有的一切，我都明白，都感恩，都會永永遠遠地銘記在心。」

天水不說話了，只俯視著她，好像要將她的面容與身影烙印在心版上似的。

「我這樣做，」最後他輕輕地，用只有她聽得見的聲音說：「妳贊成？」

眼淚湧上來了，從小到大，天水對他的呵護和扶持，一幕接一幕地翻飛，看似快速，其實歷歷在目，每一幕都清晰如昨，淑君甚至毫不懷疑要是有人拿把刀朝她砍過來，第一個會衝上前去幫她擋的，絕對是天水。

但是……

「是，」回望著天水難得出現的熾熱眼神，淑君的淚水直打轉。「是，這是我這輩子最期盼見到的事之一。」對她而言，他亦兄亦友亦……愛，卻又不全然是兄長，不全然是情愛，唯一能夠肯定的是，天水是她生命中最重要的人，以前是，現在是，將來也永遠都會是。

「那麼，」他笑了，笑得慘烈，卻又豁然。「我沒有遺憾。」

然後轉身，面對仍在哭泣的那個人影說：「美雲，妳還沒有答應我。」

淑君推開門進去，把她扶起來。「啊！眞好看，今天果然是妳最幸福的日子。」然後把她送到天水的面前。「說啊！」

「小姐要我說什麼？」美雲嬌羞不已地問。

「說妳的眞心話。」

她抬起頭來與天水對視，四目交投，情意湧現。「天水，你是眞心的嗎？剛剛說的一切，你都是眞心的嗎？」

「是的。」他看著美雲，不再去想淑君。

「好，」美雲的淚水一直如決堤般淌個不停。「我答應，我答應。」

這時，天水做了一個連他自己都不曾想過的動作，伸手輕輕一拉，就把美雲擁進了懷中。

有了可以倚靠終身的胸膛，美雲更是肆無忌憚地放聲大哭起來。而天水彷彿都能瞭解似的，用大手拍著她的肩膀，一下接一下，雖輕卻穩。

不過他的雙眼仍越過未來妻子的肩膀，找到了淑君迷濛的淚眼，知道這樣的對視，此生就這麼一回。

夜深了，淑君還忙著，身邊堆滿了各式各樣的布匹。「這個不好，不夠喜氣，還有那塊——」

「淑君，在跟誰說話？」一個人影轉了進來。

淑君抬起頭來，跟著起身說：「娘，妳怎麼還沒睡？這裡只有我，我是在跟自己說話。」

金鳳聞言，不禁蹙起眉頭來。「跟自己說話，妳沒有怎麼樣吧，會不會是太累了？這些事情，不能交給阿彩他們去做嗎？」

「美雲說是我的貼身丫鬟，實際上不就像是自己的妹妹嗎？」淑君扶著她坐下來，再體貼地倒上一杯茶。「她的婚事，怎麼可以馬虎。」

「夠了。」

「娘不開心？不同意？」

金鳳連忙搖頭。「我很開心，也非常同意。」

「那爲什麼……？」

「淑君，妳眞的願意這樣？」

「怎麼樣？」金鳳的眼神太犀利，淑君只有迴避。

「坐下來，」她卻不讓淑君閃躲。「今晚我一定要好好地問清楚。」

「娘，」知道她的脾氣，淑君不敢推辭，只能坐下來面對她。「有什麼事您儘管問。」

「天水眞正喜歡的人是妳吧。」

「娘！」淑君大驚失色，趕緊左右探看，確定沒有人才稍微鬆了口氣。「這種事情，您可不要亂說，他們這兩天就要訂婚了啊。」

「所以更要把話說清楚，以免遺憾終身。」

「我相信他們已經說得很清楚，畢竟結婚是終身大事，沒有人會拿來扮家家酒。」

「是沒有人會這樣做，」金鳳說：「但老天爺會，老天爺有時就喜歡開我們玩笑。」

知道她又想起過往了，淑君惻然，同時寬解道：「不會的，娘，我們不一樣，天水和美雲都知道他們自己在做什麼。」

「是嗎？天水眞的願意娶一個他並非眞心所愛的女人？美雲眞的願意嫁一個最多只是『喜歡』，甚至是『憐惜』她的男人？而妳，也願意放棄一個可能是這世上最愛妳的男人，並且甘心等待那個妳最愛，卻可能永遠也等不到的人？」

「娘！」淑君沒有想到她竟然如此透徹。

「妳想問我怎麼知道，是不是？」金鳳自問自答：「我只是老了，可沒有糊塗，更不瞎也不聾，當然看得出來。」

「其他的人——」淑君是眞的害怕弄得人盡皆知。

她搖了搖頭。「我想是不知道，就算猜得到一點點，也樂意配合妳來演這場戲。」

「要是如此，娘又何必揭穿？」

「因爲我深受其苦，不願你們這些孩子再糊塗一次。」

「娘，如果時光可以倒流，」淑君衝口而出問道：「您會選擇不一樣的道路嗎？」

「如果時光可以倒流……」她沉吟半晌，在心底自問：如果時光可以倒流，我是不是就會選擇愛我的人，而不是我愛的世華呢？「沒有辦法，」但最後終究搖了搖頭。「我想，不，是我一定還是會選擇一樣的命運，或者說，一樣的命運還是會選擇了我。」

「一樣的命運，」淑君喃喃自語：「不，我不願意和外婆與娘一樣，娘，我不能走跟她們一樣的路。」

「就算妳願意，我也不准。」才說完便失笑。「可是我們哪一個人聽過父母的話呢？過去的我、妳爹、妳娘，乃至於現在的天水、妳，」說到這裡，她突然停頓一下，再接下去道：「和坤成。」

淑君臉色一變，隨即強撐。「他怎麼會不聽話？美智子不是來添嫁衣了。」

那日她匆匆被叫到前廳，就因爲美智子過來裁布，同時回答金鳳與麗華的問題，說不會，她並不會介意坤成心中最愛的永遠是淑君。

於是兩位長輩才會叫她去問個究竟，說現在她們知道廖春生當初是撒了謊，坤成還沒有成親，不過眼看著現在就要娶了，怕就怕淑君會比上兩代更不堪的，成爲坤成在外的情人。

「或許，妳可以去問個清楚，問廖坤成究竟要選擇誰。」

「娘！」淑君低呼：「我怎麼可以這樣做？」

「爲什麼不可以？時代不同了，妳雖仍是金枝玉葉，卻不是軟弱的花朵，而是堅韌的林木，娘支持妳去爭取妳想要的一切，不願妳一味退讓，只顧成全他人的幸福。」

「娘。」淑君眞的好感動，現在的她們，才眞算是一對母女。

「妳怎麼說？兩邊都要辦喜事了，但妳應該清楚兩個男人眞正愛的人都是妳。」

「娘，我們的布莊就要重新開幕，眼前對我來說，只有這件事最重要。」

「眞的？」金鳳心疼又驕傲地問道。

「眞的。」那晶亮的眼眸，彷彿眞看不出一絲的惆悵，然而眞是如此嗎？

終曲

「美智子，一路順風。」坤成誠摯地祝福。

「也祝福你，坤成哥。」看著他的眼光依依不捨，再怎麼說，他畢竟是此生自己鍾情的第一個男人。

自失去淑君，久已不知幸福是何滋味的坤成，聞言只能苦笑。

「訂婚只有伯父爲我主持，等結婚的時候——」

坤成流利地插話。「我一定到，一定趕回日本參加你們的婚禮。」

美智子與相戀半年的男友相視一笑，滿臉的甜蜜。「一定喔，不然我就不結。」

「學長，你可一定要到，不然我就沒新娘子了。」八個月前到台灣來，原本只是爲了參研中國醫術與草藥，想不到還能贏得美人歸，渡邊誠當然會緊張。

坤成在美智子的嬌顏中哈哈大笑。「看你這麼在乎，我就放心了，相信你一定會把美智子當成寶。」

「她的確是，是我此行也是此生最珍貴的寶貝。」渡邊誠看她的眼光中，盡是關愛。

汽笛鳴響，坤成警醒。「船快開了，你們啟程吧。」

小船划開，美智子與渡邊誠不斷地揮手，直到岸上的坤成身影變小。

「美智子，妳剛才交給學長什麼？」渡邊誠問道。

「幸福。」她說。

「幸福？」他不太懂。

美智子轉頭對他嫣然一笑道：「等上了船後，我再慢慢地、仔細地說給你聽。」

「淑君呢？」鑼鼓喧天，鞭炮聲響，今日艋舺坎街，就屬全新開張的林記布莊最熱鬧。

阿彩回金鳳的話說：「她出去了。」

「出去了？」麗華驚訝。「這個時候？她怎麼會挑這個時候出去呢？」

銀樹倒是能夠體諒。「她說有我們在，她大可以放心。」

「是啦、是啦，」過來爲兒子下聘的秀緞說：「這些日子以來，爲了天水和美雲的婚事，還有布莊，淑君可以說是勞心勞力，幾乎到了不眠不休的地步，也該讓她休息一下了。」

「既然要休息，就不該再往外跑，這要是——」金鳳還是不放心。

「讓她去吧，」榮輝的表情最是沉靜。「我想我知道她在哪裡，大夥兒不必擔心，還是把生意做起來，今天賣它個滿堂彩，這才是給淑君最好的賀禮。」

他這麼一說，大家都覺得有道理，立刻招呼起川流不息的舊雨新知來。

淑君呢？淑君究竟在哪裡？

「娘，」她在榮輝預料的情人湖畔。「今年清明，我們即將將您迎回林家，您高興嗎？開心嗎？」

湖面無語，流水潺潺。

躲到這裡來，對，是「躲」到這裡來，原因不在於長輩爲她考量的那些，而是今早美雲和天水分別跟她講的兩件事。

「妳會和坤成少爺分開，都是我害的。」打扮好的美雲提到這件事，眼淚便要奪眶而出。

「別哭，不要哭啊！」淑君緊張地制止。「妝花了重化不麻煩，但文定之日流眼淚總是不吉利，是不是？」

於是美雲強忍著淚水，把來不及送信的事說給她聽。「信後來是美智子小姐送去的。」當時她們都不知道美智子和坤成的關係，換句話說，美智子之前也不知道淑君就是坤成鍾情的對象，在那樣的情形下，她突然拿到一封要交給坤成的信，而且因爲尊重送信人的關係，託人送的信，淑君向來不封口，接下來會發生什麼事，淑君和美雲都推論得出來。

「我明白了。」淑君只有這句話好說。

「小姐——」她的鎮定反而讓美雲更慌張、更難過。

「好了、好了，吉時快到了，妳不要激動，今天妳是主角，好好讓天水把妳定下來就好，其他的事都不要再去想。」

等文定之禮完成，布莊開幕之前，在淑君表示要把一定的股份分送給天水，以答謝他這一向以來對自己的幫忙時，他卻說：「妳誤會了，幫妳的人並不是我。」

「不是你，那麼是誰？」淑君真的很訝異，有誰會那麼瞭解他們的需要，又提供他們那麼多染布的新方？

「是廖坤成，一直都是他。」而那天他之所以會急急忙忙地找淑君告白，則是聽到廖家準備辦喜事的關係，廖坤成就要來提親了，他再不表白，豈不將永遠失去機會？誰想得到那只是一場誤會，而那場誤會又造成了他將娶美雲的結果，也許人算終究不如天算吧。

但不管如何，該說的話還是要講清楚。

而聽了這兩件事後的淑君，除了躲到這裡沉澱思緒之外，實在想不出第二條路好走。

這裡是娘和爹私定終生的起點，也是她和坤成初識的地方，但是今日，它還能一如以往地撫慰自己紊亂的心嗎？

「淑君。」

她愣住了。

「淑君。」是他，有點喘、有點急、有點慌，但的確是他的聲音。

他來了，不管之前發生過多少事，也無論未來還會有多少波折等著考驗他們，只要他來了，他陪在身旁，淑君就有了勇氣，相信這一次，她可以戰勝命運。

於是她緩緩轉身，與朝思暮想，從來沒有停止愛過的坤成面對面。

天啊！坤成心想：她甚至比我記憶中還要美，美得令我心折。

美智子的信中解釋了當日她刻意造成的錯誤印象，因爲她事先讀過信，知道淑君會依時趕到，會看到「什麼」；也說了她前幾日到林家去裁布的事，目的是想激起淑君心中的妒意，讓她勇於爭取所愛。但她也「聽說」林家今日將有喜事，如果「坤成哥敢去把淑君姊搶回來，那才不愧爲我傾心愛過的男子」。

他趕到了，也發現了「喜事」的原委，接著便匆匆跑來，她果然在這裡！

好像有一大堆話要跟她說，也要聽她說，不過在四目交投之際，那些事好像又都變得不重要了。

「上次見面我太唐突，」把時光拉回初識的那年，就讓一切重頭來過。「這次請容我補過，我姓廖，叫坤成，敢問小姐芳名？」

一切盡在不言中，於是淑君淺淺一笑，從容、自信又充滿豪氣地說：「我乃艋舺的林家小姐，坎街第一位女頭家。」

而這位女頭家的故事，才正要漸次展開……

國家圖書館出版品預行編目資料

金枝玉葉／齊萱著. -- 初版. -- 台北市：生智, 2001[民90]
面；公分
ISBN 957-818-297-X（平裝）

857.7 90008565

金枝玉葉

作　　者／齊 萱
授　　權／皓天國際傳播有限公司
劇照提供／邱創圳
出 版 者／生智文化事業有限公司
發 行 人／林新倫
執行編輯／閻富萍、晏華璞
美術編輯／周淑惠、黃威翔
登 記 證／局版北市業字第677號
地　　址／台北市新生南路三段88號5樓之6
電　　話／(02)2366-0309 2366-0313
傳　　眞／(02)2366-0310
網　　址／http://www.ycrc.com.tw
E-mail／tn605547@ms6.tisnet.net.tw
郵撥帳號／14534976 揚智文化事業股份有限公司
印　　刷／鼎易印刷事業股份有限公司
法律顧問／北辰著作權事務所　蕭雄淋律師
I S B N／957-818-297-X
初版一刷／2001年7月
定　　價／250元

總 經 銷／揚智文化事業股份有限公司
地　　址／台北市新生南路三段88號5樓之6
電　　話／(02)2366-0309　2366-0313
傳　　眞／(02)2366-0310